先 声

改革开放进程中的文汇报理论版

季桂保 著

文汇出版社

图书在版编目（CIP）数据

先声：改革开放进程中的文汇报理论版 / 季桂保著.
上海：文汇出版社，2025.5. -- ISBN 978-7-5496
-4413-1
Ⅰ. I253
中国国家版本馆 CIP 数据核字第 2025635QS6 号

先声：改革开放进程中的文汇报理论版

著　　者 / 季桂保

出 版 人 / 周伯军
责任编辑 / 张　溟
执行编辑 / 唐　铭
封面装帧 / 张　晋

出版发行 / 文匯出版社
　　　　　上海市威海路 755 号
　　　　　（邮政编码 200041）
经　　销 / 全国新华书店
排　　版 / 南京展望文化发展有限公司
印刷装订 / 上海颛辉印刷厂有限公司
版　　次 / 2025 年 5 月第 1 版
印　　次 / 2025 年 5 月第 1 次印刷
开　　本 / 787×1092　1/32
字　　数 / 130 千字
印　　张 / 5.75

ISBN 978-7-5496-4413-1
定　　价 / 54.00 元

序

在纪念邓小平同志诞辰120周年的日子里，欣喜地收到文汇出版社送来、由季桂保撰写的《先声：改革开放进程中的文汇报理论版》清样稿。书稿详细记录了40余年来我国改革开放走过的历程和文汇报理论版的历史样貌，读来感到非常亲切和欣慰。

书稿以时间顺序设置了"思想解放的第一次高潮"、"思想解放的第二次高潮"和"变动秩序中的中国与世界"三章架构，展现了严谨的哲理性、思辨性，饱含深沉的思考，给人深刻的启示。

自1977年5月开始，我在文汇报理论部工作了23年。哲学博士季桂保与我共事多年，也是我的后任，他理论基础扎实，视野广阔，工作勤奋负责并有创意，曾创办了"文汇学人"周刊。《先声》文稿中熟悉的版面、文章和专家，勾起了当年我与报社同仁以义不容辞的责任心，创造性地做好理论宣传工作的美好回忆。

这是历史转折的年月。习近平总书记指出:"党的十一届三中全会重新确立了解放思想、实事求是的思想路线,停止使用'以阶级斗争为纲'的错误提法,作出把党和国家工作中心转移到经济建设上来、实行改革开放的历史性决策,实现了我党历史上具有深远意义的伟大转折。"文汇报理论学术版的耳目一新与国家的发展变化、整个文汇报社上下的共同努力密不可分。《先声》一书展示的真理标准大讨论,其中有拨乱反正发出"先声"的小说《伤痕》、话剧《于无声处》,那时文汇报发行量达 150 万份,可谓"洛阳纸贵"!检验真理的标准是实践,这是马克思主义的理论常识,但因受"文革"以及后来的"两个凡是"影响,变成人们不敢说的"禁区"。从《先声》文稿看,对"真理标准"的认识有曲折,上海也是如此。我们深知,思想路线的端正是贯彻基本路线的首要条件。由此可见,当年虞丹《读马克思的一封信——谈实践是检验真理的唯一标准》一文在文汇报的刊登是多么有价值。

这是学者频频发出"先声"的年月。那个时期我曾多次赴京访问中国社科院时任副院长刘国光教授。1991 年 1 月 26 日文汇报"论苑"版刊登了访谈录《90 年代深化改革的理论思考》,在全国率先提出构建"社会主义市场经济",引起很大反响。夏禹龙、刘吉、冯之浚、张念椿"四君子"关于不应把知识分子当作工人阶级的异己力量、厉以宁关于建立股份制、曹建明关于土地使用权可以依据法律转让、王沪宁关于清除腐败是实现现代化的必要保证、钱学森关于系统论、邢贲思关于社会主义面临全新挑战、郑必坚关于中国和平崛起新道路等一系列重要理论文章,起到了为推动改革开放鸣锣开道的作用。

这是国内外学者思想交流碰撞的年月。进入新世纪,"文汇学人"等周刊和栏目进一步打开了国际国内学者思想学术交流的窗口。美国著名学者弗朗西斯·福山来文汇报社做对谈,中外学者的犀利话语和独到见解给人留下深刻印象。在中国式现代化的推进过程中,在世界秩序出现大变局的情境下,如何让读者更好地认识中国、更好地认识世界,成为文汇报理论学术版的聚焦重点。文汇报对美国学者雷默的访谈《国家形象塑造不可能一蹴而就》,对哈佛大学资深教授傅高义的访谈《作为受人尊敬的大国,中国应该更加自信》,都引人瞩目。国内学者俞可平《"中国模式":经验与鉴戒》等众多专家的文章或讲演,也都很好地传递了中国的声音。

时光的列车不会为谁停下,一代人有一代人的思考和表达。我们要十分珍视在改革开放岁月中收获和积累的思想理论成果。为此,衷心感谢季桂保付出的艰辛和努力,这份努力为我们存留了文汇报理论学术版的一份珍贵历史档案。

周锦尉

2024 年 9 月 8 日

目 录

绪 论 ·· 001

第一章 思想解放的第一次高潮（1978 年—1991 年） ·· 005

（一）文汇报与真理标准问题大讨论 ········· 005

　　1. 虞丹与《读马克思的一封信——谈实践是检验真理的唯一标准》 ····· 009

　　2. 从小说《伤痕》到话剧《于无声处》 ······································· 014

　　3. 关于"唯物辩证法"的持续讨论 ······ 018

（二）改革就是为了解放生产力、发展生产力 ····································· 020

　　1. 计划调节与市场调节相结合 ········ 020

　　2. 贫穷不是社会主义 ················ 025

　　3. 土地批租的法律问题探讨 ·········· 029

(三) 知识分子与文汇报 …………… 034
　1. 独特的版面资源配置 …………… 034
　2. 钱学森与文汇报 ……………… 040
　3. "科学学四君子"与文汇报 …… 044
　4. 20世纪80年代新生代学人与文汇报 ……………………………… 048
(四) 文汇报"学林"与学术争鸣 …… 052
　1. 匡亚明与蔡尚思有关孔子和儒家思想的讨论 ………………… 053
　2. 关于上海建城年代的讨论 …… 060

第二章　思想解放的第二次高潮（1992年—2007年）…………………………… 063

(一) 邓小平"南方谈话"带来的又一次思想解放 ……………………… 063
　1. 刘国光访谈被皇甫平直接引用 …… 064
　2. 南方谈话之后的文汇报理论版 …… 069
　3. 刘吉论邓小平 ………………… 079
(二) 一批重要理论文章 …………… 084
　1. 赵修义的《社会主义市场经济的伦理辩护问题》 ……………… 084
　2. 蒋学模、史正富的《用马克思经济

理论武装干部头脑》 …………… 087
　　3. 覃正之、靳申文的重要理论文章…… 089
（三）与首都理论界的互动：以郑必坚和
　　龚育之为例 …………………………… 096
　　1. 郑必坚与文汇报 …………………… 097
　　2. 龚育之与文汇报 …………………… 108

**第三章　变动秩序中的中国与世界（2008 年—
　　2018 年）** ……………………………… 123
（一）在全球化深刻变动中探讨中国与世界
　　的关系 ………………………………… 123
　　1. 外国知名学者论中国与世界 ……… 124
　　2. 中国本土学者论中国与世界 ……… 136
（二）在与国际顶尖学者的讨论中扩大话
　　语权 …………………………………… 148
　　1. 一大批思想家做客文汇报社、接受
　　　 记者独家专访 …………………… 149
　　2. 福山上海之辩 …………………… 160

后记 ……………………………………………… 169
参考资料 ……………………………………… 171

绪 论

2018年是中国改革开放四十年。四十年的历程，在人类历史长河中仅仅是弹指一挥间。然而，四十年的改革开放，堪称中华民族历史上一场空前的伟大革命，真正彻底改变了中国的面貌，也真正彻底改变了中华民族的面貌。

马克思主义一向强调，不是意识决定生活，而是生活决定意识。要理解思想观念的文本，就必须理解实践和现实的文本。思想观念是对现实和时代的反映和表达，时代和现实的实践境遇决定了人们的思想观念。因此，梳理不同历史时期的思想观念，只能以时代为根基，以现实为根基。与此同时，也应该看到，思想与时代、观念与现实之间从来都是既相互蕴含又相互阐释的关系，深刻把握历史发展内在趋势的思想观念能够有力推动时代和现实的进程。有鉴于此，我们完全能够根据思想观念的范式变迁来理解和把握现实和时代的精髓。我们说改革开放成为中国的时代精神,这种精神,根本而言就是解放思想、实事求是、与时俱进、大胆探索,就是面向世界、面向现代化、面向未来。

有责任敢担当的报纸,本质上就是与时代精神同频共振的。从1978年至2018年的四十年历史进程中,文汇报一直与时代同呼吸,与国家共命运,不遗余力为改革开放鼓与呼,为推进中国特色社会主义添柴加薪。作为中共上海市委领导下的,以教育、科技、文艺、理论、卫生、体育六界为侧重点的综合性报纸,尤其是作为以知识分子为主要读者对象的综合性人文报纸,文汇报在改革开放四十年的历史进程中,始终紧贴时代脚步,把捉现实脉搏,开展思想争鸣,发出行动先声,为历史做见证,为进步做背书,成为改革开放历史进程的推动者和记录者。

历史从来就不曾是年表的随意切割或堆砌。英国当代极负盛名的马克思主义历史学家艾瑞克·霍布斯鲍姆(Eric Hobsbawm, 1917—2012)曾经把1789年至1914年的历史称作"长的19世纪",而把1914年至1989年的历史称作"短的20世纪"。显然,霍布斯鲍姆意义上的"长的历史"和"短的历史"不仅仅具有年表学上的长短内涵,而是有着更为深刻的历史意味。精神上的"家族相似性"才是历史年代划分的重要参照。按照霍布斯鲍姆的类似划分，我们把改革开放四十年的历史进程看作是共和国的一段"长的历史"。在这一历史进程中，出现过多次波澜壮阔的思想解放运动，其中大的思想解放运动的高潮主要有两次，第一次以1978年光明日报发表《实践是检验真理的唯一标准》一文所引发的真理标准大讨论和十一届三中全会的召开为主标志，第二次以1992年邓小平南方谈话为里程碑。而2008年全球金融危机爆发、中国经济持续高速增长所带来的中国与外部世界关系的深刻调整与变革，引发了国际社会和国内理论界对中国发展道路的热议，同时使得2008年这个年份在四十年改革开放的历史进程中具有特殊意义。揆诸同时段的文汇报，我们也大致可以把改革开放四十年这一"长的历史"分为三个时段：1978年—1991年，1992年—2007年，2008年—2018年，在每个历史时段，文汇报都以自身激情澎湃的理论学术姿态参与其中，为改革开放进程留下了自己的历史印迹。我们对改革开放四十年进程中的文汇报尤其是文汇报的理论版加以回顾，并不是一种纯粹的"知识考古"，而是希冀从中看到四十年来的时代变迁和人们思想观念的范式转换；在一定意义上可以说,我们从四十年的文汇报尤其是文汇报的理论版上,能够看到中国整个改革开放历程的"精神长相"。

第一章

思想解放的第一次高潮

（1978年—1991年）

（一）文汇报与真理标准问题大讨论

历史的长河，从来都是以特定的时空坐标作为历史事件和历史人物进入历史的鲜明刻度的。中国改革开放四十年的进程，正是以1978年5月11日光明日报发表《实践是检验真理的唯一标准》作为启动的一个重要思想标志。粉碎"四人帮"、结束"文革"十年动乱之后，中国在政治、思想、经济、社会、文化等各个领域，都面临着拨乱反正的艰巨任务。虽然粉碎"四人帮"宣告了"极左"思潮在中国的全面溃败，但是，由于"极左"思潮浸润甚深，"两个凡是"的错误方针在当时的历史情境下依然得以大行其道。针对"两个凡是"错误方针的严重阻碍，1978年5月11日，光明日报在头版发表了"本报特约评论员"的文章《实践是检验真理的唯一标准》。该

文主要出自当时南京大学哲学系教师胡福明之手，之前发表在中共中央党校内部刊物《理论动态》上。① 这是

---

① 有关《实践是检验真理的唯一标准》（以下简称《实》文）的发表稿究竟出自谁手，多年来一直有所争议。一种观点认为，胡福明只是《实》文的最初撰稿者，后来该文经过孙长江等人的讨论修改，尤其是在文章标题上加上了"唯一"二字，才真正成就了《实》文，孙长江才是《实》文的主要贡献者。中央党校沈宝祥的《真理标准问题讨论始末》（中国青年出版社，1997年版）一书对《实》文出笼过程有详尽的记述，也基本采用上述持论。2008年，为纪念真理标准讨论三十周年，笔者曾到南京采访胡福明，当面问到了《实》文著作权问题。胡福明提到了1984年光明日报社举办的"优秀理论文章评选"，《实》文获唯一的特等奖，作者是胡福明，在颁发奖金时，胡得了700元，吴江和孙长江得了300元。胡福明在接受笔者的访谈时也提到："在中央党校那边，1977年的冬天，胡耀邦同志要求中央党校的同志研究党的第九次、第十次和第十一次路线斗争问题，当时提出了两个标准，一个是毛泽东思想，一个是实践标准。当时就引起争论，究竟是一个标准，还是两个标准，他们在研究。我那篇文章的发表，杨西光、马沛文、王强华、吴江、孙长江等人做了修改，特别是孙长江做了很多贡献。文章发表时把'唯一'两个字加到原来的标题上，贡献更是巨大。……我当时写文章的目的，就是为了推动拨乱反正。文章起到了它自身的历史作用，这是最重要的。当时也谈不上著作权意识，况且当时写作和发表这样的文章还是有风险的，甚至有可能坐牢。那篇文章，顺应了时代的要求、人民的要求，在这个意义上，不存在什么创造权、著作权、发明权的问题。在个人与时代的关系问题上，个人只有顺应时代要求，才能体现价值。不是说我写了什么了不起的东西，而是说，时代给了我难得的机遇。我只不过早了几天，说了大家想说还没有来得及说、写了老百姓想说而没有来得及说的话。"不难看出，经过时间的淘洗，胡福明已经不再纠结于《实》文的著作权问题了。为了保持版面的"平衡"，文汇报2008年5月11日"纪念改革开放三十周年主题专刊"在发表胡福明访谈的同时，还特地约请沈宝祥撰写了《真理标准问题讨论始末》的专题文章，以便读者更为全面地了解"真理标准讨论"的全过程。

一篇深入阐发马克思主义唯物辩证法思想的理论文章，文章提出：实践不仅是检验真理的标准，而且是唯一的标准；检验路线之正确与否，情形也是这样；理论与实践的统一，是马克思主义的一个最基本的原则；马克思主义的基本原理，马克思主义的立场、观点和方法，必须坚持，决不能动摇，但是，马克思主义的理论宝库并不是一堆僵死不变的教条，它要在实践中不断增加新的观点、新的结论，抛弃那些不再适合新情况的个别旧观点、旧结论；任何理论都要不断接受实践的检验。

在"左"的思想影响依然严重的时代背景下，《实践是检验真理的唯一标准》一文突破了时代的政治禁忌，在当时的中国社会引发了巨大反响。这篇文章所提出的观点在今天看来似乎早已成为常识，但是在四十年前的历史条件下，这篇文章显得极其难能可贵，正如该文作者胡福明在三十年后的 2008 年 5 月接受文汇报记者专访时所说的那样：

> 当时是一个急切需要回归常识、回归理性的时代。拨乱反正，所要反的"正"，恰恰就是常识。当年连常识都被遗忘的时代，是一个蒙昧主

义统治的时代。我们党的许多干部都忘掉了常识,我们以马列主义为指导的党都忘了常识。那篇文章,只不过是起到了回归常识的历史作用。①

图1-1 文汇报2008年5月11日 胡福明访谈

不难看出,由光明日报这篇"本报特约评论员"文章开启的有关真理标准问题的大讨论,实质上涉

---

① 参见季桂保、陆伟强:《那篇文章,顺应了时代和人民的要求——胡福明访谈》,文汇报,2008年5月11日。

及要不要回到马克思主义的立场、观点和方法,要不要真正恢复党的解放思想、实事求是的思想路线这一根本问题。

在经历了十年"极左"思潮的严重禁锢之后,真理标准问题大讨论的开展,释放出不尽的观念活力,打开了思想和实践的巨大空间,为成功召开党的十一届三中全会、实现伟大历史转折、开辟中国特色社会主义,奠定了坚实的思想基础。

1. 虞丹与《读马克思的一封信——谈实践是检验真理的唯一标准》

由于长期受"极左"思潮的濡染,思想解放的进程不可能是一帆风顺的,从一开始它就注定是一个曲折前行的过程。在光明日报发表"本报特约评论员"文章之后的次日,文汇报在其二版和三版及时全文转载了这篇重要文章,并且组织了一批有关真理标准讨论的文章,准备用于后续发表。不过,由于受"左"的思想的影响,当时有关部门对上海媒体下达了"不讨论、不表态、不介入"的"三不"规定,有关稿件都不能见报,有关真理标准问题的讨论一度被搁置。

文汇报时任总编辑马达在回忆这段历程时，有过深深的感慨。据他回忆：1977年2月7日"两报一刊"社论《学好文件抓住纲》提出的"两个凡是"严重束缚着人们的思想和手脚，当时意识形态领域的气候仍是"乍晴还阴、乍暖还寒"，"心有余悸"，"口将言而嗫嚅、足将举而趑趄"是当时的普遍心态。关于真理标准问题讨论的宣传，文汇报和其他几个主要新闻单位的负责人曾在列席的市委常委会上发言，要求党报参与真理标准问题讨论，希望市委负责人予以支持。有关部门的负责人当场表示不同意，说："中央并没有发红头文件要你讨论，难道仅凭光明日报一篇特约评论员文章能算数吗？"市委负责人在会上未发表意见，却为上海报纸定下"三不"方针，即对真理标准问题讨论"不表态、不讨论、不介入"。还交代有关部门负责人，要把好报纸导向关，文汇报、解放日报两大报每天的大样要送有关部门审阅后才能签发。尽管有关领导阻挠大讨论，文汇报党委班子还是一致认为"实践是检验真理的唯一标准"这个命题意义重大，便主动积极选题目，组织文章，参加讨论。文汇报曾先后向市委送过9篇论述真理标准的理论文章，都被有关部门一一扣下了，不准发表。①

　　直到 1978 年 9 月 16 日，文汇报分别在头版和第三版，刊登了复旦大学党委举办党员干部学习班、开展真理标准问题讨论的新闻，以及蒋文杰以"虞丹"为笔名发表的《读马克思的一封信——谈实践是检验真理的唯一标准》的文章，从而在上海率先冲破了"三不"规定。上海人民广播电台当天清晨就做了播发，"左"的思想的禁锢逐渐被打破，真理标准问题讨论由此在上海重新逐步展开。②

图 1-2　文汇报 1978 年 9 月 16 日　复旦大学党委举办党员干部学习班

　　虞丹的《读马克思的一封信——谈实践是检验真理的唯一标准》一文，是以读马克思在 1877 年写给俄

---

① 参见蔡美华：《以迂回的宣传策略冲破"三不"禁令——马达回忆 1978 年文汇报真理标准问题讨论》，《新闻记者》，2009 年第 10 期。
② 参见《文汇报八十年》编纂委员会编：《文汇报八十年》，2018 年。

图 1-3 文汇报 1978 年 9 月 16 日 虞丹文章

国《祖国纪事》杂志编辑部的信(《马克思恩格斯全集》第 19 卷,第 126—131 页)的读后感方式,来参与真理标准问题讨论的。文章提到:19 世纪 70 年代的俄国,曾经发生过一场俄国往何处去的激烈争论,争论的实质问题是:资本主义是不是俄国发展道路上一个必经的历史阶段?俄国能不能走一条独特道路,通过它所长期保留下来的农民村社,直接走向社会主义?针对俄国出现的不同论调,1877 年,马克思在写给俄国《祖国纪事》杂志编辑部的信中,批判了几种不正之风:一是反对"摸",马克思不仅反对人们从《资本论》中摘引片言只语作为支持自己观点的论据,尤其反对钻进字里行间去摸意图、嗅气候;二是反对"套",

马克思反对人们把《资本论》中的个别原理当作超历史的一般公式,拿去生搬硬套。

虞丹在阅读了马克思的这封信之后认为:马克思发现的资本原始积累规律,是从西欧历史材料中概括出来而又经过西欧历史实践的检验,纵然如此,马克思仍然认为这条规律能否适用于俄国,取决于俄国的历史条件。在马克思看来,任何试图把他关于西欧资本主义起源的历史概述彻底变成一般发展道路的历史哲学理论,"会给我过多的荣誉,同时也会给我过多的侮辱"。作者认为:要败坏一个伟大思想家的声誉,莫过于把他神化;要败坏真理的声誉,莫过于把它推崇到绝对化的顶峰。世界上从来没有抽象的真理,真理总是具体的,总是关于特定对象的具体概括,因此,真理有它的相对性,有自己适应的范围,它能否推广应用到新的对象,需要从新的对象的实际出发,继续用新的实践经验来检验,用新的实践中的新发现、新事实对它作出修正、补充。作者提出:马克思不仅是理论和实践相结合的原则的首倡者,而且是坚持理论和实践相结合的榜样。而列宁之所以能够回答马克思没有来得及作出正面回答的俄国道路问题,正是由于列宁本人生活于俄国革命的环境中,亲自参加了俄国阶级斗争的实践，善于用马克思主义之矢来射俄国革命之的。虞丹的文章敏锐地提出：

> 马克思的这封信告诉人们，实践才是检验真理的唯一标准；只有学会掌握马克思主义的立场、观点和方法，而不是寻章摘句、生搬硬套，在革命实践中遇到新问题就能正确地加以解决。

虞丹的这篇文章，以阅读和分析经典作家作品的方式来论证实践是检验真理的唯一标准，实在是别出机杼，其矛头也是指向了当时"两个凡是"的错误方针和"极左"思潮的遗留。文汇报推出如此具有理论深度和思辨厚度的文章参与真理标准问题的大讨论，在当时的舆论氛围中也可谓独树一帜。

2. 从小说《伤痕》到话剧《于无声处》

《传播与社会影响》一书指出："从一开始，我们就必须承认，一份真正伟大的报纸一定要比任何一名主编的良心或全体主编的良心都要伟大。因为当它说话时，它的言论是由那些非常明智，非常理性，非常公正，非常富有同情心，非常具有理解力以及非常诚恳的人们做出的，而不是由那些受到人类弱点和缺点腐蚀的，仅仅为了写作而写作的人们做出的……一份真正伟大的报纸必须摆脱任何以及全部特殊利益集团的束缚。"①

责任、激情和勇气，成就了一张报纸的社会影响力。在推动拨乱反正、思想解放进程的初期，文汇报正是以极大的责任、激情和勇气参与其中，留下了令人回味的佳话。其中两个具有特殊标志意义的重要历史事件，即使是在四十年后的今天，都仍然是我们轻易不能绕过的标杆。

一个历史事件，就是文汇报全文发表小说《伤痕》，开创了"伤痕文学"的全新样式，引发了反思"文革"的整个社会氛围。1978年8月11日，文汇报在第四版以一个整版的篇幅发表了当时复旦大学中文系一年级新生卢新华的短篇小说《伤痕》。小说描写女主角王晓华因为痛恨叛徒妈妈，决心以决裂方式离开自己的家庭，去边远的农村生活。九年时间，她一直处于矛盾和痛苦纠结中，后来得知母亲平反，急忙赶回家中时，母亲却因突发疾病离开了人世，没有见到最后一面。

---

① 加布里埃尔·塔尔德著，特里·N.克拉克编：《传播与社会影响》，何道宽译，北京：中国人民大学出版社，2005年版，第72页。

图1-4 文汇报1978年8月11日 卢新华《伤痕》

小说旨在说明,"文革"不仅对生产活动和物质生活造成了极大的破坏,更对人们的身心和思想造成了难以弥补的严重伤害。小说触及了经历过十年"文革"的整个一代人的精神深处,甫一发表即轰动全国,引发巨大共鸣,当天出版的文汇报甚至加印到150万份仍然"洛阳纸贵",堪称那个年代新闻领域的一大奇观。小说引发了追忆、反思"文革"的文学思潮,开创了划时代的"伤痕文学",为思想解放和开启改革开放的历史进程打下了心理底色和社会舆论基础。

另一个重要事件,就是文汇报率先报道了话剧《于无声处》的演出,推动了"四·五"天安门运动的平反昭雪,成为思想解放的一声惊雷。话剧《于无声处》原本是由当时的工人剧作家宗福先创作、上海工人文化宫业余话剧队自行排演的四幕剧,1978年9月底只是在上海工人文化宫的小剧场进行小范围公演,带有相当大的试验性质。由于其故事题材涉及当时依然非常敏感的"四·五"天安门运动,因此话剧的演出引起了文汇报的密切关注。1978年10月12日文汇报发表了记者周玉明撰写的长篇通讯《于无声处听惊雷》,详细报道了《于无声处》在上海受欢迎的相关情况,这篇通讯很快惊动了作为当时全国意识形态工作主管者之一的胡乔木。随后,《于无声处》剧组被有关部门邀请到北京去公演,反响热烈。1978年11月,文汇报全文刊发了话剧《于无声处》的剧本。1978年11月16日,话剧《于无声处》在北京正式首演,引起巨大轰动,同时官方正式宣布为"四·五"天安门事件平反。可以说,话剧《于无声处》的及时发声,连同光明日报刊载的《实践是检验真理的唯一标准》一文,都共同构成了打破意识形态禁区,推动思想观念解放、推动改革开放的先声。

图1-5 文汇报1978年10月12日 关于话剧《于无声处》的报道

3. 关于"唯物辩证法"的持续讨论

观念可以是实践的先导,思想可以是行动的先声。在历史转折的关键时刻,报纸尤其是重要报纸的理论学术版往往扮演着十分紧要的角色。1978年,与积极推动"伤痕文学"、率先报道话剧《于无声处》、反思"文革"并行不悖,文汇报的理论学术版同样是春潮涌动、思想活跃,推出了一系列引发思想共鸣的理论学术文章和理论版面。除了开辟"真理标准问题讨论"专题,文汇报理论版还专门开设了"学点唯物辩证法"的专栏,并且在当时开设的"学术专刊"上发表重新评价陈独秀、胡适、瞿秋白等一大批历史人物的学术文章,以期达到拨乱反正、还历史以本来面目的目的。尤其是"学点唯物辩证法"专栏,连续讨论了一分为二问题、同一性在事物发展中的地位和作用问题、阶级斗争与阶级社会发展的基本动力问题、有计划规律调节和价值规律调节的关系问题、知识分子与工人阶级的关系问题、按劳分配原则与共产主义道德的关系问题、学术与政治的关系问题等等。这些问题都是与那个时代的思想潮流同频共振的重要问题,归根结底关涉马克思主义的基本原理。如所周知,唯物辩证法是马克思主义的世界观和方法论;从唯物辩证法的立场出发,真正恢复马克思主义的本来面目,强调马克思主义的实践第一的观点,强调"理论与实践的统一,是马克思主义的一个最基本的原则","坚持实践是检验真理的唯一标准,就是坚持马克思主义,坚持辩证唯物主义",强调"马克思主义的理论宝库并不是僵死不变的教条,它要在实践中不断增加新的观点、新的结论,抛弃那些不再适合新情况的个别旧观点、旧结论"。所有这些观点,也正是光明日报"特约评论员"文章《实践是检验真理的唯一标准》的核心要义所在。在这篇"特约评论员"文章刊发之后,文汇报重点聚焦"唯物辩证法"展开持续讨论,可谓费尽心思。

(二) 改革就是为了解放生产力、发展生产力

1. 计划调节与市场调节相结合

英国著名经济史学家安格斯·麦迪森(Angus Maddison, 1926—2010)的研究表明,中国的人均GDP水平在1978年之前的一千年时间里几乎没有什么变化,而从1978年起,中国人均GDP近乎垂直上升,整个国家的经济总量也从此实现了年均近10%的快速增长。[①]

对于中国改革开放所取得的巨大成就,中外学者

---

① 参见安格斯·麦迪森:《世界经济千年史》,伍晓鹰、许宪春等译,北京:北京大学出版社,2003年版。

们从各自的立场出发作出了各自的判断和分析。诺贝尔经济学奖得主、制度经济学的奠基人之一罗纳德·科斯（Ronald Coase，1910—2013）在他的《变革中国》（中信出版社，2013年版）一书中就认为：中国的市场经济转型之路基本上是由两种力量在推动着的，一种力量是来自政府主导的改革，目的就是要把中国变成"现代的、强大的社会主义国家"；另外一种力量也就是所谓的"边缘革命"。政府主导的改革集中在提高国有企业的激励上，而"边缘革命"则给中国带回了私人创业精神和市场力量。这两股力量互相摩擦，共同推进着中国经济往前发展。

包括科斯、道格拉斯·诺思（Douglass North，1920—2015）和张五常在内的新制度学派经济学家强调中国的改革开放是一场制度变革，以明晰产权、保护产权、降低交易费用作为手段，中国的改革实际上是一场"地方政府之间的竞争"。与此同时，发展经济学家如霍利斯·钱纳里（Hollis Chenery，1918—1994）、迈克尔·波特（Michael Porter，1947—　）等人则强调引进外资、扩大开放和后发优势对于中国经济发展的重要意义。新结构主义经济学家如林毅夫则特别强调中国的比较优势战略所具有的重要性，强调"有效市场"和"有为政府"的有机结合才能催生中国的经济奇迹,使中国这样的后发国家能够追赶甚至超越先发国家。包括姚洋在内的另一些中国经济学家则强调所谓的"中性政府"在改革进程中的突出作用。而以美国生物科学家贾雷德·戴蒙德(Jared Diamond,1937—)为代表的学者甚至突出强调地理因素在国富国穷中所起的作用,认为地缘因素是决定一国和一个地区生产力发展状况和水平的重要制约因素。无论哪种流派何种理论,最终都无法超越这样一个基本原理,那就是邓小平在1980年4月的谈话中所提出的一个重大命题:社会主义首先要发展生产力。

在这篇重要谈话中,邓小平这样说道:

> 要充分研究如何搞社会主义建设的问题。现在我们正在总结建国三十年的经验。总起来说,第一,不要离开现实和超越阶段采取一些"左"的办法,这样是搞不成社会主义的。我们过去就是吃"左"的亏。第二,不管你搞什么,一定要有利于发展生产力。①

---

① 邓小平:《社会主义首先要发展生产力》,《邓小平文选》第二卷,北京:人民出版社,1994年版,第312页。

整个社会生产力不能得到提升,人民群众的生活没法得到改善,就建设不成合格的社会主义。经历了思想解放运动的先期发动,发展生产力成为中国改革开放的原初起点和内生动力,成为推动社会不断进步的杠杆,因为归根结底,改革就是要改掉一切不适应中国现代生产力的生产关系,就是要改掉一切不适应国家现代经济基础的上层建筑。这也是马克思主义关于人类发展基本规律的思想所昭示的。

当时的中国社会逐渐在酝酿并达成这样一个重要共识:思想解放的落脚点是解放生产力、发展生产力。与这种思想氛围相契合,20世纪70年代末以及80年代的文汇报理论学术版,以较大的篇幅和极大的热忱为解放生产力、发展生产力这一时代命题鼓与呼,组织了一系列重要理论文章来辨析生产力和生产关系之间的联系,揭示发展社会主义生产力的重要性。

早在1979年7月27日的文汇报理论版"学术专刊"上,就发表了经济学家孙尚清、张卓元和陈吉元撰写的文章《把计划调节和市场调节正确地结合起来》,难能可贵地提出了社会主义经济兼有计划性和市场性,计划调节和市场调节都是经济发展的手段。这在当时的思想氛围和舆论环境下具有发新声的意义。

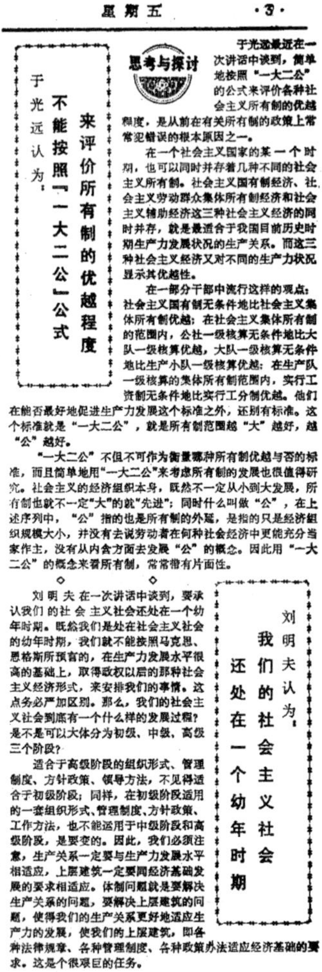

星期五　·3·

思考与探讨

于光远认为：

不能按照『一大二公』公式来评价所有制的优越程度

于光远最近在一次讲话中谈到，简单地按照“一大二公”的公式来评价各种社会主义所有制的优越程度，是从前在有关所有制的政策上常常犯错误的根本原因之一。

在一个社会主义国家的某一个时期，也可以同时并存着几种不同的社会主义所有制。社会主义国有制经济、社会主义劳动群众集体所有制经济和社会主义辅助经济这三种社会主义经济的同时并存，就是最适合于我国目前历史时期生产力发展状况的生产关系。而这三种社会主义经济又对不同的生产力状况显示其优越性。

在一部分干部中流行这样的观点：社会主义国有制无条件地比社会主义集体所有制优越；在社会主义集体所有制的范围内，公社一级核算无条件地比大队一级核算优越，大队一级核算无条件地比生产小队一级核算优越；在生产队一级核算的集体所有制范围内，实行工资制无条件地比实行工分制优越。他们在能否最好地促进生产力发展这个标准之外，还别有标准。这个标准就是“一大二公”，就是所有制范围越“大”越好，越“公”越好。

“一大二公”不但不可作为衡量哪种所有制优越与否的标准，而且简单地用“一大二公”来考虑所有制的发展也很值得研究。社会主义的经济组织本身，既然不一定从小到大发展，所有制也就不一定“大”的就“先进”；同时什么叫做“公”，在上述序列中，“公”指的也是所有制的外延，是指的只是经济组织规模大小，并没有去说劳动者在何种社会经济中更能充分当家作主，没有从内含方面去发展“公”的概念。因此用“一大二公”的概念来看所有制，常常带有片面性。

◇　◇

刘明夫认为：

我们的社会主义社会还处在一个幼年时期

刘明夫在一次讲话中谈到，要承认我们的社会主义社会还处在一个幼年时期。既然我们是处在社会主义社会的幼年时期，我们就不能按照马克思、恩格斯所预言的，在生产力发展水平很高的基础上，取得政权以后的那种社会主义经济形式，来安排我们的事情。这点务必严加区别。那么，我们的社会主义社会到底有一个什么样的发展过程？是不是可以大体分为初级、中级、高级三个阶段？

适合于高级阶段的组织形式、管理制度、方针政策、领导方法，不见得适合于初级阶段；同样，在初级阶段适用的一套组织形式、管理制度、方针政策、工作方法，也不能适用于中级阶段和高级阶段，是要变的。因此，我们必须注意，生产关系一定要与生产力发展水平相适应，上层建筑一定要同经济基础发展的要求相适应。体制问题就是要解决生产关系的问题，要解决上层建筑的问题，使得我们的生产关系更好地适应生产力的发展，使我们的上层建筑，即各种法律规章、各种管理制度、各种政策办法适应经济基础的要求。这是个很艰巨的任务。

图1-6　文汇报1980年8月29日　于光远、刘明夫的文章观点

之后，有关生产力和生产关系问题的讨论文章，相继提出了有计划规律调节和价值规律调节不是“形式和内容”的关系，两者都是按比例规律借以实现的“形式”；竞争是商品经济运动共有的经济规律；按劳分配原则与共产主义道德是一致的，要十分重视物质利益等重要观点，为推动发展社会生产力张目。

1980年8月29日，文汇报在第三版分别发表了著名经济学家于光远的文章观点《不能按照“一大

二公"公式来评价所有制的优越程度》和刘明夫的文章观点《我们的社会主义社会还处在一个幼年时期》,从社会生产力的发展不能超越现实的历史阶段这一原理出发,明确提出当时我国的社会主义社会还处在比较低级的阶段(虽然还没有明确使用"社会主义初级阶段"这一概念),采取"一大二公"的模式必然导致把非公有制经济看作是社会主义的异己力量加以排斥,实际上在所有制问题上犯了超越阶段的冒进错误。

1982年8月11日文汇报发表中共中央党校宋振庭的文章《经济落后国家走上社会主义道路,给马克思主义带来的新历史课题》,继续探讨社会主义初级阶段与马克思主义的思想渊源,强调经济落后国家走上社会主义道路,必须补上发展生产力这一课。

2. 贫穷不是社会主义

如所周知,1984年党的十二届三中全会是改革开放历史进程中的一次重要会议,全会做出的《中共中央关于经济体制改革的决定》,明确社会主义经济是有计划的商品经济,对20世纪80年代初开始的关于社会主义经济是不是商品经济的讨论做了科学总结,从而为确立社会主义市场经济论迈出了决定性的步伐。

社会主义经济是公有制基础上有计划的商品经济,这一命题作为全党和全国人民的统一认识是在1984年10月以后确立的。而在我国经济学界,20世纪70年代至80年代初,就一直有学者撰写文章提出和论证上述这一论断。此后,在文汇报理论版上相继发表了《一部分先富起来是社会主义的客观规律》(冯兰瑞,1984年10月27日,此为文章见报时间,下同)、《对社会主义要不断进行再认识》(沈宝祥,1985年2月26日)、《搞社会主义,一定要发展生产力》(尹继佐、李运福,1987年7月3日)、《发展生产力,增强吸引力,提高说服力》(施芝鸿,1987年8月28日)、《贫穷不是社会主义》(何玉林,1987年9月4日)、《思想解放的新起点》(龚育之,1988年6月2日)、《建设全面发展的社会主义》(沈宝祥,1991年11月30日)等一系列重要理论文章,这些文章共同倡导着相似的理念:解放思想的落脚点是解放生产力、发展生产力;贫穷不是社会主义;我国仍然处于社会主义初级阶段,发展生产力是社会主义的首要任务;让一部分人先富起来符合社会主义的客观发展规律;只有发展生产力,才能增强社会主义的吸引力,提高社会主义制度优越性的说服力。

图 1-7 文汇报 1987 年 9 月 4 日 何玉林文章

图 1-8 文汇报 1988 年 6 月 2 日 龚育之文章

上述这些观点,在今天看来都已经成为人们的普遍共识和社会的常识,似乎可以不证自明,但是在三十多年前,提出这些观点、做出这些论断,需要胆识,更需要智慧。如果说,改革开放四十年,通过不断地探索和实践,我国走出了一条符合本国国情的发展道路——中国特色社会主义道路,那么,毫无疑义,在中国特色社会主义的目标探索阶段(1978年—1991年),文汇报刊发的理论文章为社会主义初级阶段理论的形成提供了重要的观点支撑和舆论支持,这同时也就反过来奠定了文汇报理论学术版的地位。

3. 土地批租的法律问题探讨

20世纪80年代,作为"共和国长子"的上海每年要向中央上交百余亿的财政资金,上海自身的住房、交通、城市建设和发展却面临着资金严重不足的巨大挑战。如何通过制度创新特别是推动土地批租和转让制度来筹措发展资金,成了当时政策制定者和理论学术界开始讨论的一个热门话题。1987年12月31日,文汇报第四版"论苑"以醒目的版面发表了时任华东政法学院国际法系[①]

---

① 华东政法学院国际法系,今为华东政法大学国际法学院。

副主任的曹建明的理论文章《关于土地批租法律问题的探索》一文。文章一开始明确提出,为了改善沿海城市的基础设施、投资环境和生活环境,放宽土地房产政策、实行土地批租、吸收外资,是势在必行的重大措施。文章认为,把土地资源的收入作为政府收入的一个重要组成部分和稳定来源,是世界上许多国家和地区的通行做法,比如香港的土地收入占政府财政收入的15%—20%,有些年份达30%以上。作者从不同的性质、产生的不同原因和条件等方面条分缕析地界定了土地批租与租界的差别,从而廓清了当时不少人所持的"搞土地批租就是要搞租界"的模糊认识。作者指出:

> 所谓租界,是帝国主义列强和中国清政府缔结的不平等条约,以居住和经商为名,在通商口岸和城市长久租用的地段。1845年11月29日,美国领事与上海道台签订了《上海租地章程》,其后列强纷纷在上海和中国其他城市划定租界,并在租界内行使行政管理和司法管辖权,形成"国中之国",严重破坏了中国主权。
>
> 帝国主义租界这段血腥的历史,我们是绝对

不能忘记的。但是，它与我国人民民主专政的主权国家在对外开放中出租土地给外国投资者有本质的区别：

首先，性质不同。租界是一个政治地域的概念，丧失中国主权特别是司法管辖权和行政管理权是其最重要的标志。在租界内，帝国主义列强纷纷自行设立法院、警察、监狱、市政和税收机关，甚至驻军，并强迫清政府承认领事裁判权。其内容是：凡在中国享有领事裁判权的国家，在中国的侨民如成为民刑诉讼的被告时，中国法庭无权审理，只能由各该国的领事按其本国的法律裁判，完全不受中国司法机关与中国法律的管辖。1854年，英、美、法等国驻上海的领事又乘机攫取了对于租界内纯属中国人诉讼案件的审判权。而我们现在批租土地给外商却只是个经济活动范围的概念。在这个范围内，外商所获得的只是土地使用权，而我国政府有独立处理自己的对内和对外事务的最高权力，并掌握一切主权包括立法权、司法权和行政权。外国企业和个人都必须遵守中华人民共和国的法律，接受中国法院的司法管辖，批租土地发展的总方向和决策权也由我国政府决定。

其次,产生的原因和条件不同。租界是帝国主义列强侵略的结果,是建立在不平等条约的基础上,当时的中国已沦为半殖民地。而现在批租土地则是对外开放的需要,它是社会主义国家为本身利益而采取的重要措施,是建立在平等互利原则基础上的。

最后,租界实际上是长久租用的,而我们批租土地则有严格的期限,更不会出卖。

由此我们可以得出这样一个结论:不能认为我国同其他一些国家在经济上的联系和合作,是具有"租界"或殖民地的性质。①

作者还详尽论证了国家批租土地给外商,同我国的宪法、法律不存在不相协调的地方。土地批租并不是资本主义社会所特有的,社会主义国家也有土地批租的法律实践;在具体的法律操作层面,对把土地批租给外商既要鼓励又要限制:"所谓鼓励,应当从国家建设和城市建设总目标出发,把鼓励外商租用土地、

---

① 曹建明:《关于土地批租法律问题的探索》,文汇报,1987年12月31日。

图 1-9 文汇报 1987 年 12 月 31 日 曹建明文章

经营房产业的重点放在解决开放城市基础设施严重落后、交通不畅、住宅紧张、公用设施不足等突出问题上，并从法律上予以明确规定。所谓限制，其目的是要求外商尊重我国的国家主权，服从我国政府的管理，防止并尽可能消除消极作用，不让其侵害我国利益。外商只能在我国主权管辖下，从事经济活动。"[1]

---

① 曹建明：《关于土地批租法律问题的探索》，文汇报，1987 年 12 月 31 日。

作者最后明确提出,应当勇于破除僵化思想和传统经济模式,从法律上探索向外商批租土地的问题,使房地产业成为开放城市经济发展的一个重要支柱。

此后的四十年,土地红利与人口红利和制度红利一道,成为我国经济起飞的主要动力之一。当时还只是讲师职称的曹建明以极大的理论勇气率先探讨土地批租的法律问题,为推动土地批租发出先声。此文后来获得了中宣部"五个一工程奖",就是对这种理论勇气的褒奖。

(三) 知识分子与文汇报

创办于1938年的文汇报从其诞生伊始,就深深地打上了知识分子报纸的鲜明烙印。文汇报虽然经历了数度改版,知识分子报纸这一基本特色却几乎没有改变。在推动思想解放的多次浪潮中,文汇报的知识分子特色由于因缘际会而得以不断放大和增强。

1. 独特的版面资源配置

1979年1月正式改版之后,文汇报进一步确定了

"理论要先行、文艺要活跃、新闻要新颖、专刊有特色、版面要多彩"的办报方针,把"理论要先行"放在了突出位置。"理论要先行",首先要保证足够的版面资源配置;事实上,在20世纪70年代和80年代,即使在当时每天仅有四个版面、版面资源极其紧张的情况下,文汇报也曾经一度确保每天推出一个整版的理论学术版,刊发专家学者的真知灼见。在思想解放和推进改革开放的历史进程中,一大批知名专家学者成为文汇报理论学术版面的顶梁柱和主力军。

1983年1月,文汇报整合"理论战线"等版面,创办全新的"论苑"版面,其重点在于分析和探讨社会中出现的重大理论前沿问题,为改革开放、建设中国特色社会主义营造舆论氛围,同时恢复一度中断的"学林"版面,开展学术讨论、倡导学术争鸣。于是,当时国内一大批知名专家学者,都把文汇报的理论学术版作为发表自己重要理论学术文章的阵地,同时文汇报的理论学术版也日益成为人们捕捉时代之思的重要窗口。

这些知名专家学者和他们的重要理论文章包括:冯契的《哲学要回答现实问题》(1983年1月26日)、

费孝通的《略论知识分子问题》(1983 年 2 月 18 日)、蒋学模的《马克思精神生产理论和中国社会主义实践》(1983 年 3 月 16 日)、于光远的《马克思主义——人类文化的总汇》(1983 年 3 月 23 日)、许涤新的《论人口增长与社会经济发展的关系》(1983 年 7 月 6 日)、董辅礽的《政企职责分开是一项重要的改革》(1984 年

1983年1月26日

哲学要回答现实问题

·冯　契·

科学工作者论坛

马克思主义哲学要求理论密切联系实际。哲学要面向现实，要回答现实生活提出的问题。要敢于回答，不要回避问题，这正是哲学的生命所在。问题就是事物的矛盾，就是现实生活向哲学提出要求解决的任务。正确回答了现实问题，哲学就获得了发展和前进。

现实生活中的问题是通过人们提出来的，而人们的主客观条件千差万别。客观矛盾反映到不同的人们的头脑里，于是提出这样那样的问题，发表这样那样的意见，显得很分歧，这毫不足怪。哲学的任务，不仅在于指导人们通过不同意见的讨论和争论，来给现实问题作出科学答案；而且尤其在于通过回答现实问题，来引导人们树立共产主义世界观。

要解决世界观问题，不能靠简单的举例说明，不能靠运用几条导师语录去作答，更不能强加于人。周恩来同志说："我们以我们的思想教育大家，但是你可以听，也可以不听，可以接受，也可以不接受，可以自由选择。"（《学习毛泽东》）刘少奇同志说："人民群众的解放，必须由群众的自觉与自愿。"（《论党》）我们共产党人用马克思主义教育群众，是要大家自觉，但是一定要群众自愿地选择，决不是象观音菩萨那样用紧箍圈套在别人头上。自觉原则与自愿原则统一，是群众观点的基本要求。自觉是理智的品格，自愿是意志的品格。一个人自愿地接受马克思主义的教育，开始时较少自觉，后来觉悟提高了，以至在实践上能自觉地遵循客观规律，自愿地选择革命道路，那就是有了革命的世界观和人生观。

对人的教育要强调自觉和自愿，是过去某些哲学家也已注意到了的。例如，王阳明教育王艮就是一个例子。王艮这个年轻人自以为很有一套，不远千里找王阳明去辩论。王阳明对这个年轻人待以客礼，请他上坐，以平等的态度与他相互切磋，辩难久之，终于使王艮心服了，下拜自称弟子。但王艮睡了一个晚上又翻悔了。第二天王阳明便请他再据上坐进行诘难，直到王艮完全折服，才又收他为弟子。

马克思主义是科学的真理，它能使一切追求真理的人心服。但是我们进行马克思主义教育尤其需要注意自觉和自愿。哲学要在培养社会主义、共产主义新人中发挥它应有的作用，那就要特别重视对年轻一代的教育。而为了让青年们自觉而又自愿地选择社会主义、共产主义的道路，那就要掌握他们的思想脉搏，过细地了解一下他们头脑里存在着一些什么问题，以及为什么会产生这些问题，并用共同讨论、互相切磋的方式，对这些问题作出实事求是的、有分析力的回答，引导他们逐步树立马克思主义的世界观。（*本文作者为上海社会科学院副院长*）

图 1-10　文汇报 1983 年 1 月 26 日　冯契文章

10月27日)、许涤新的《论计划经济、商品经济和价值规律的统一性》(1984年11月6日)、周其仁的《改革：从政策放开到制度创新》(1988年3月24日)、邢贲思的访谈《我们的时代与面临挑战的社会主义》(1990年8月25日)、刘吉的《我们回答挑战》(1991年5月11日)、李君如的《现代化进程中党的思想建设面临的挑战》(1991年5月18日)等。

图1-11 文汇报1983年2月18日 费孝通文章

图 1-12 文汇报 1983 年 3 月 16 日 蒋学模文章

图1-13 文汇报1990年8月25日 邢贲思访谈

其中，邢贲思的访谈《我们的时代与面临挑战的社会主义》、刘吉的《我们回答挑战》、李君如的《现代化进程中党的思想建设面临的挑战》等文章，是在我国"八九政治风波"之后刊发的几篇重要理论文章。当时，世界范围内的社会主义处于低潮，马克思主义和社会主义的敌人以及现实社会中的新情况新问题都向我们提出了全新的挑战。面对"西方化"思潮、商品化思潮和非意识形态化思潮，如何认清现代资本主义的本质，如何看待民主社会主义，如何更好地体现社会主义的优越性,如何推进党的思想建设,文汇报组织的上述这些重要理论文章都给予了及时而又全面的解答,对于澄清思想误区、明辨大是大非起到了积极的作用。

2. 钱学森与文汇报

特别值得一提的是,长期以来,凡是遇到重要的理论学术文章,文汇报会选择在头版显要位置予以刊发,以彰显对相关文章所表达的理论观点的重视。

在一大批知名专家学者中,著名科学家钱学森可谓与文汇报有着不解之缘,体现其系统工程管理思想的万字长文《组织管理的技术——系统工程》,最初就是刊发在文汇报1978年9月27日的头版显要位置并转第四版,这篇文章被认为是开创了系统工程"中国学派"的奠基之作。在当时每天总共只有四个版面的情况下,敢于发表专家学者的万字理论长文,在在体现了文汇报的理论胆略与学术魄力。这篇由钱学森与许国志、王寿云合写的万字长文提出,为了实现"四个现代化",我们不仅要充分认识到当时我国的科学技术水平较低,同时要充分认识到我国的组织管理水平也很低,而且后者影响前者。为此,就要学习和掌握先进的科学技术，同时改革我国上层建筑中同生产力发展不相适应的部分，特别要打破小生产的经营思想，按照经济发展的客观规律改革组织管理，掌握合乎科学的先进的组织管理方法。系统工程不仅包括复杂的工程技术的组织管理，还包括企业的组织管理，并且还涉及社会的方方面面。文章认为：要学习和掌握先进的系统工程技术，必须依靠电子计算机，依靠科学技术和管理人才。全文一万字，以通俗易懂的语言，阐述了"系统工程"和"系统工程学"原理，将原来局限于工程技术的管理方法，扩展到社会的方方面面，

图 1-14 文汇报 1978 年 9 月 27 日 钱学森文章

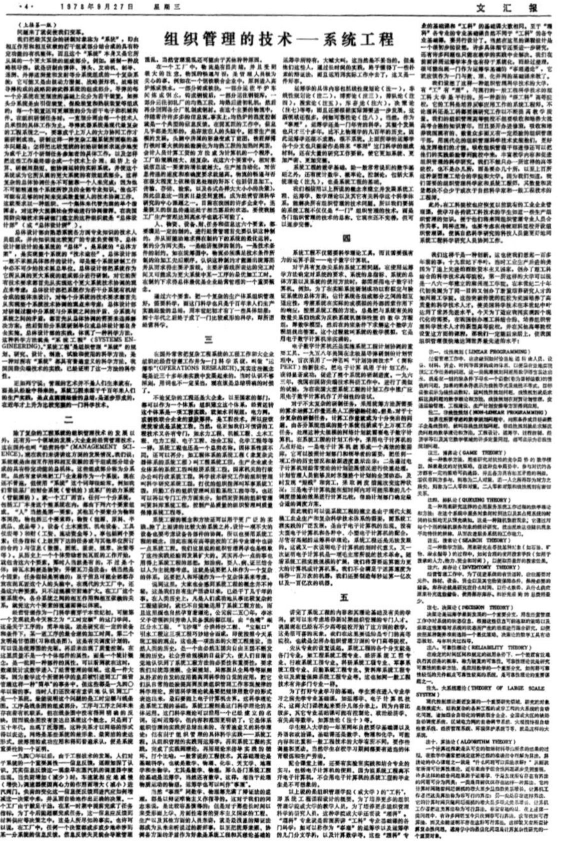

图1-15 文汇报1978年9月27日 钱学森文章(续)

包括教育系统工程、法治系统工程等在不同领域可以实践的系统工程。这篇文章架起了自然科学和社会科学之间的桥梁,在当时迅速掀起了全国学习系统工程理论的热潮,也成为报纸理论科普的经典之作。

尤其值得关注的是,钱学森图书馆的研究人员最近在整理钱学森手稿时,意外发现了一页钱学森手书的《组织管理的技术——系统工程》一文出笼的"时间进度表":

1978.04.30　收许国志同志信;

1978.05.05　在国防科委业务学习会上讲;

1978.06.05　在成都省委军区的学习会上讲;

1978.06.20　在昆明省委军区的学习会上讲;

1978.06.26　在国防科技大学讲设系统工程系;

1978.07.16　复许国志同志信,送去初稿;

1978.07.26　收许国志同志来件;

1978.07.28　收许国志同志来信;

1978.07.30　修改文稿;

1978.08.19　与许国志同志谈;

1978.08.29　寄文汇报。

这页已经泛黄的钱学森手稿堪称一份极其难得、极其珍贵的史料,详细记录了《组织管理的技术——系统工程》一文的诞生过程,为我们进一步理解钱学森系统工程思想提供了很好的参照。

3."科学学四君子"与文汇报

专家学者和报纸阵地历来都是相互激发、互相成就、共同成长的关系:专家学者往往"良禽择木而栖",而报纸阵地常常因为专家学者的宏论备受关注。专家学者可能因为认同一张报纸的品格而形成松散的"学术共同体"。其中,夏禹龙、刘吉、冯之浚、张念椿"科学学四君子"与文汇报理论学术版的不解之缘,可以说是当代理论发展史和新闻传播史上的佳话,也是改革开放四十年历程中知识分子为国家和社会积极建言献策的一个精彩案例。

据夏禹龙生前接受"澎湃新闻网"的访谈以及相关报道:

> 1979年,在改革开放,尤其是中共第十一届三中全会之后的思想解放大潮中,思潮涌动,自由释放,未来丰富的可能性激发着学者们的思想

活力。已过天命之年的夏禹龙迎来了学术生涯的黄金时期。那一年,他去武汉参加了全国科学技术史研讨会。会后,与同为上海代表的刘吉、冯之浚、张念椿同坐长江轮顺流而下回上海。他们四人由此结缘,开启了合作研写长达十年之久的一段学术佳话。"这就是我们四个人最初的开始,在轮船上写了一篇文章谈论中国科技史,发表在文汇报。后来有人叫我们'四君子'。"①

夏禹龙、刘吉、冯之浚、张念椿当年来自不同学科和不同岗位②,四位学者从科学学的角度共同关注政治、经济、社会、科技、管理诸多领域的重大现实和理论问题,怀着学术的赤诚、思想的不羁、创作的愉悦和合作的信任,联名发表了一系列具有科学学前沿意识的理论文章。于是,在文汇报理论版,我们看到了"科学学四君子"的这些文章:《不应把知识分子

---

① 参见张博:《上海社科院原副院长夏禹龙:马克思主义既要现代化也要中国化》,澎湃新闻网,2016 年 11 月 23 日。
② 2023 年 10 月 21 日,笔者曾对刘吉先生做过一次长时段的访谈,他特别提到,当年的"科学学四君子"每个人的学科背景、成长经历和专长均有所不同,大家因为各自不同的特长而有所分工、有所协作,形成了一个"学术共同体",撰写了一批站在科学学前沿的理论学术文章。

当作工人阶级的异己力量》(1979年10月21日)、《论智力投资》(1979年12月6日)、《重视知识分子是工人阶级根本利益所在》(1980年1月20日)、《破论资

图1-16 文汇报1979年10月21日 科学学四君子文章

图1-17 文汇报1980年1月20日 科学学四君子文章

排辈》(1980年4月23日)、《论干部在业务上的重新教育》(1980年5月23日)、《论智力结构》(1980年9月5日)、《略论现代领导体制的发展》(1981年1月18日)、《科学地理解精兵简政》(1982年3月1日)、《新技术革命的战略对策研究》(1984年2月1日)。

图1-18 文汇报1984年2月1日 科学学四君子文章

这些文章，涉及科学学、领导科学、管理科学、未来学等众多学科领域，与当时在全球范围内正风起云涌的新科技革命相呼应、相契合，有着强烈的现实感和前瞻性，为决策的民主化、科学化提供了丰富的思想资源。当年我国哲学社会科学领域还没有"智库"这一说法，"科学学四君子"的文章，很大程度上起到了资政议政的"智库"作用。科学学、领导科学、管理科学、未来学等新兴学科在 1980 年前后的凸显，既是改革开放逐步向前推进的必然结果，同时，这些新兴学科也为改革开放的推进提供了重要的理论支撑，"科学学四君子"从此也逐渐成为我国理论界的标杆性人物，共领风骚数十年。

4. 20 世纪 80 年代新生代学人与文汇报

20 世纪 80 年代是一个思想空前活跃的时代，1977 年恢复高考之后进入高等学校的一大批学子，以积极的姿态加入 20 世纪 80 年代的思潮激荡和观念交锋大潮，激活了思想解放的社会氛围。

作为当年异军突起的新生代学人的突出代表，王沪宁从 1987 年 7 月开始在文汇报理论版发表理论文章。当年身为复旦大学青年学者，王沪宁把重要的理论文章几乎都交付文汇报刊发,先后发表了《社会主义初级阶段与政治体制改革》(1987年7月12日)、《论社会主义初级阶段的民主政治建设》(1988年1月21日)、《论改革治理整顿期的政治权力》(1989年3月30日)、《试论新战略态势下的执政党建设》(1992年2月7日)、《论九十年代中国行政改革的战略方向》(1992年6月26日)、《中国的政治体制改革:从十三大到十四大》(1993年1月15日)、《论行政系统的二

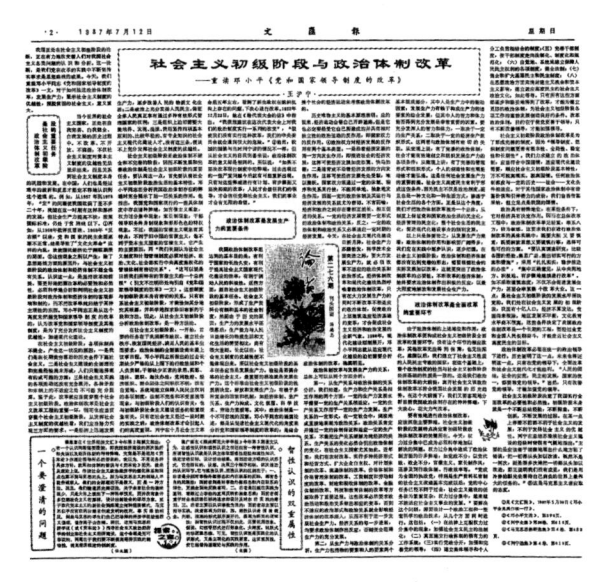

图1-19 文汇报1987年7月12日 王沪宁文章

元结构和行政发展》(1993年4月2日)、《清除腐败是实现现代化的必要保证》(1993年7月2日)、《论现代化与社会协调发展的关系》(1993年11月5日)、《贯穿始终的战略思考方法》(1993年11月12日)、《邓小平同志对国际战略的思考》(1994年2月26日)、《维护中央权威是改革和建设的必要保证》(1994年12月10日)。

图1-20 文汇报1993年7月2日 王沪宁文章

图 1-21 文汇报 1994 年 12 月 10 日 王沪宁文章

其中，1988年1月21日在文汇报上发表的《论社会主义初级阶段的民主政治建设》一文明确提出，最好的政治形式总是与一定的历史-社会-文化条件最相适应的政治形式；社会主义民主政治应该是在自己的历史-社会-文化条件下努力的结果，不能靠移花接木，也不能搞揠苗助长；进行政治体制改革和推进民主政治，必须要有统一和稳定的政治领导，在社会主义初级阶段推进民主政治必须坚持党的领导。这样的理论判断，强调一国的政治体制必须与本国的历史、社会、文化条件相适应、相结合，强调中国共产党在改革开放进程中的中流砥柱作用，在当时无疑显得清醒而深刻，在今天看来依然是富有洞见的政治论断。

那是一个需要思想又能不断催生思想的时代，而思想活跃的时代又必定是一个学术新人层出不穷的时代。在那个思想活跃的时代，一大批中青年优秀理论骨干凭借各自敏锐的理论洞察和丰厚学术积累崛起于理论学术界。事实上，正是由于王沪宁、曹建明、俞吾金、李君如、葛剑雄、周振鹤等为代表的一大批出色的中青年学者活跃在文汇报的理论学术阵地，才使得文汇报的理论学术特色赓续不断、薪火相传，保持了蓬勃生机。

（四）文汇报"学林"与学术争鸣

报纸理论学术版的质量，不仅体现在其所发表的文章具有创见、论证严密，更重要地体现在其对学术讨论和学术争鸣的支持，就此而言，文汇报理论学术的又一个重要阵地——"学林"版，无疑在理论学术界具有举足轻重的地位。创办于20世纪70年代末且一度中断停刊、1983年1月再度复刊的文汇报"学林"版，始终贯彻"双百"方针，鼓励学术讨论，倡导学术争鸣，助推思想解放。20世纪七八十年代以来，"学林"版吸引了国内一大批知名的文史哲专家学者，马寅初、费孝通、顾颉刚、谢国桢、罗尔纲、戴逸、张岂之、李新、金冲及、庞朴、杨天石、苏双碧、顾廷龙、谭其骧、胡道静、蔡尚思、陈旭麓、王元化、蒋孔阳、罗竹风、夏东元、唐振常、章培恒、来新夏等，先后成为文汇报"学林"版比较固定的作者。相当长的一段时期内，文汇报"学林"版"谈笑有鸿儒，往来无白丁"，形成了强大的集聚效应，一定程度上形成了以"学林"版为中心的人文学者、历史学者的"学术共同体"，成为国内理论学术界的一大标杆。毕业于复旦大学历史系的文汇报"学林"版主编施宣圆先生，几乎以一己之力支撑起了"学林"版的编辑工作，把一大批知名人文学者尤其是历史学家团结和聚拢在文汇报周围，对文汇报理论学术版的建设可谓功不可没。

1. 匡亚明与蔡尚思有关孔子和儒家思想的讨论

在文汇报"学林"版上，曾经开展过多次引起广泛关注的学术争鸣,其中,由匡亚明和蔡尚思引发的有关孔子和儒家思想的讨论,尤其受到学界注目。

在新中国历史上,孔子及其思想的命运,终究还是没有摆脱政治运动的烙印。在"文革"前,孔子尚且能够被冠以"教育家"的头衔,但是因为"文革",因为"批林批孔运动"在1974年的大规模开展,孔子一夜之间沦为"顽固维护奴隶制"的"孔老二",沦为"大草包"、"寄生虫"、"吸血鬼"之类的反动派,这位2000多年以来中国最知名的思想家,因为"批林批孔"运动,成了被扫进历史垃圾堆的"丧家犬"。

真理标准问题讨论及之后的党的十一届三中全会,开启了思想解放和拨乱反正的历史进程,而所谓"拨乱反正",实际上就是把曾经被历史颠倒的东西重新颠倒过来,还历史以本来面目。除了为一大批冤假错案进行平反,学术理论界的大是大非问题同样有待重新确立,对孔子及其思想的再评价,便是其中一项极其重要的工作。归根到底,对孔子的再评价,不仅仅涉及的是孔子的身份和地位问题,而且涉及我们这个民族对待老祖宗和历史的态度问题。

1978年的8月12日,光明日报发表了历史学家、

《历史研究》杂志时任编辑庞朴的文章《孔子思想再评价》,文章提出:孔子的政治思想也要全面看待,不能全盘否定。这篇文章当时引起了极大反响,成为学术界全面再评价孔子的标志之一。1981年8月3日,文汇报发表了复旦大学哲学系著名学者严北溟的文章《谈孔子的人道主义》,文章鲜明提出:孔子的仁学思想体现了一种古代人道主义精神,具有历史进步性。"抓住孔子学说中的人道主义精神,我至今仍然认为是对他进行再评价的一个关键性问题。孔子,作为影响祖国两千多年民族文化心理结构的伟大历史人物,他的出色贡献正在这里。这点,外国人也在着重研究。"文章自始至终对于孔子的仁学思想给予了高度评价,受到学界的广泛关注。

而时任南京大学名誉校长、中国孔子基金会会长的匡亚明撰写的《孔子评传》一书(1985年由齐鲁书社出版),是当时最早对孔子及其思想进行全面重新评价的有影响力的学术专著之一。该书以严谨认真的治学态度,全面分析了孔子思想产生的历史背景,深刻分析了孔子思想对中华民族和世界产生的影响,充分肯定了孔子对中华民族的巨大历史贡献。该书出版后,在学术界思想界影响甚广。

从"教育家"到"孔老二"再到"中华民族历史上的伟大思想家",孔子身份和地位的急剧转变,必然会在学术界和思想界引起不同的讨论。如何客观地、实事求是地评价孔子及其思想,既不能"不及",又不能"过",既不能贬低,又不能过分抬高,便显得紧迫而重要。而通过学术讨论和学术争鸣,某种意义上可以避免"不及"和"过"两个极端,因为真理总是在争鸣和讨论中愈辩愈明的。匡亚明的《孔子评传》出版后,时任复旦大学历史系教授的蔡尚思几乎在第一时间在当时的上海《书林》杂志发表题为《不宜抬高孔子》的文章(《书林》1986年第1期),对匡著中的一些观点提出批评。文汇报"学林"版的编辑敏锐把捉到了学术界的这一全新动态,于是在第一时间分别约请争鸣的两位主角撰写文章展开学术争鸣,由此拉开了有关孔子历史地位的连续讨论。

1987年1月27日,匡亚明的文章《如何实事求是地评价孔子》一文在文汇报发表。文章提出,对孔子及其思想,要采取辩证唯物主义和历史唯物主义的态度,也就是实事求是的态度来加以研究,必须认真进行系统的而不是零星的、全面的而不是片段的、深入的而不是肤浅的研究,既不是全盘肯定,也不是全盘否定，而是要根据其本身特点去考察。为此，作者提出了评价孔子的"三分法"：第一部分，凡属维护封建统治、维护宗法等级制、维护专制君王统治利益的，例如"忠君尊王"、"等级礼治"、"三年毋改父之道"等，作为观念形态，必须批判，必须与之"决裂"；第二部分，凡属既含有合理因素，又含有历史局限性带来的消极因素的思想，如"仁"、"大同世界"等观念，必须对其表达的思想进行科学分析，批判其消极因素

图1-22 文汇报1987年1月27日 匡亚明文章

图 1-23　文汇报 1987 年 3 月 10 日　蔡尚思文章

（例如根据封建宗法等级制提出的"爱有等差"思想），吸取和发扬其积极因素（例如"泛爱众"思想），即实行所谓"扬弃"（批判继承）；第三部分，凡属至今仍有生命力而闪耀着真理智慧因素的，如重视学习的思想"学而时习之，不亦说乎"、"学而不思则罔，思而不学则殆"等，如为追求真理而献身的精神"有杀身以成仁，毋求生以害仁"，如不怕困难、知难而进、学到老、奋斗到老的精神"知其不可而为之"、"发愤忘食,乐以忘忧,不知老之将至",如不断求知革新的精神"朝闻道,夕死可矣"、"苟日新,日日新,又日新"等,这些至今仍有生命力的积极因素,必须加以继承和发扬光大,从而大大鼓舞我们为实现社会主义"四化"而奋勇前进。

匡亚明的这篇文章发表之后,复旦大学的蔡尚思很快就撰写了回应文章《也谈实事求是地评价孔子——与匡亚明同志商榷》,交由文汇报于1987年3月10日的"学林"版发表。蔡尚思在文章中针对匡亚明评价孔子的"三分法"明确提出:"三分法"不能成为评价孔子和孔学的基本方法,在孔子及孔学研究中,根据具体材料进行具体分析的"两分法",才是最基本、最重要的研究方法。蔡尚思的文章认为,无论是"两分法"还是"三分法","只能是便于阅读《论语》、了解孔子的一种辅助手段,借以帮助辨明孔子的大方向,认清孔子的最高理想是恢复西周社会,最尊重的圣人是文王、周公。归根到底,要看清孔子的真面目,只有依靠马克思主义的立场、观点、方法"。可以说,匡亚明和蔡尚思相互商榷的文章,激发了学术界的争鸣、讨论氛围,其后的几个月,文汇报又接连发表了方延明、胡寄窗等学者的多篇相关讨论文章。姑且不论匡文、蔡文的观点孰是孰非,文汇报开展的关于孔子和孔子学说的学术讨论,无疑在多回合愈辩愈明的争鸣中避免了对孔子评价的"过"与"不及",从而成为当年思想解放、学术活跃的一个经典案例。

2. 关于上海建城年代的讨论

如前所述,20世纪80年代恢复的"学林"版,是文汇报理论学术阵地中的一大亮点;与"论苑"主要刊发政治、经济、社会等领域的理论文章相映成趣的是,"学林"版重点刊发文史哲等人文学科领域专家学者的学术文章,细究起来,那些看上去有些专门和小众的学术文章,往往同特定历史阶段的时代精神相契合。这样的版面设置,在全国的大报中都堪称独树一帜。

文汇报"学林"版倡导学术讨论的另一个经典案例,就是有关上海建城究竟在哪一年的讨论。世界上的重要城市一般都有自己的建城周年纪念,唯独上海一直没有;针对这一缺憾,当年仍为复旦大学历史地理研究所副教授的青年学人周振鹤撰写了《明年是上海建城七百周年》一文,发表于1990年7月3日的文汇报"学林"版。

学林

明年是上海建城七百周年

●周振鹤

编者按：上海建城始于何时？复旦大学历史地理研究所周振鹤副教授认为，上海置城时间应为元代至元二十八年七月己未（公元1291年8月19日）。明年是700周年，我们建议，在此期间举行一些有意义的纪念活动，回顾上海历史发展的历程，进行一次"爱我上海，振兴上海"的教育，使上海早日跻身世界先进城市之列。

世界上的重要城市都有自己约建城周年纪念，唯独上海没有，这不能不说是一个缺憾。其以为上海的要年代就是上海建城的标志，甚至是因行政区划体系中的基层政区，甚的长官是皇帝登基委派的墓层官员。一个地区正式设县，表明这个地区是皇庆治、军事地位重要、人口繁多，或者经济文化的发展达到了一定的水平。

在汉代，一般的县都要置城，因此每个城的意义相通，县即是城，城即是县。《汉书·地理志》载县号郡下县之多少，但《续汉书·郡国志》却写做"城"若干。古代的县不一定都置城，但县城已成为一个惯用词。没有城己不是城的城，而是城市概念。因此以县置县年代作为建城是顺理成章的。

但是问题也接踵而来，上海的置县年代存在三种说法，到底以哪一种为准？这三种说法依次是元代至元27年（1290）、28和29年。

第一说，据《元史·地理志》载，上海"本华亭东北，至元27年，以户口繁多，置上海县，属松江府"。本来吴淞江以南的上海地区，在唐宋时期尺是华亭一县，因为五代和两宋时期，北方移民大量进入江南地区，促使经济迅速发展，于是祖辖县之广益，华亭东北、上海镇南北广阔分布的数十个乡不得不因此，上海镇管户口繁多，于是在至元27年分设上海县。元有户口管者，后有分为之举，因此说，合乎情理，所以《元史·地理志》的27年说法足以对行政府事，便为足据之证。

第二说，《元史·世祖本纪》载："（至元二十八年七月己未）分华亭之上海乡，松江府置华亭县名。"这一记载月月休舍，所留目是包有的事实，可靠性很大。同时支有《元贞建学记》佐证：《建学记》以"为元年甲午（1295）松江如庆禁之翰林撰，他在"上海阳阳镇……至元辛卯，朝廷举奏其五乡之墟。甲午为县事"。辛卯即至元28年（1291），告作文之时不过四年，因此28年之说益为有力。

第三说，上海县学教谕唐时措在大德六年（1302）撰《上海公署记》曰："元之县系至天子以年尹天下大众难摸，命分高者，长人，北平，庐陵、剩江而乡，元二十六年，五奏上海，因以名，家松江两……朝主薄郡将任其长，是甲同六月二十二日卜原居事。"士表为至元29年（1292），唐时措上上海上之地人，事因分吴工作，新城主新接任之日又言之说，因此29年说言必有报。

由于三说各有根据，因此后世的许多文献家家一说，奠奠一是。平心而论，三说的确都有其道理，因为县的设置是一个过程，并不是一时的事件，这一过程或要延续一、二年其至更长的时间，因从不同的事事入眼光来看，置县的时候总可以是具有。

这具具先奉有建议及表请，而后有中央的批示，后后行者要城的县保分别以及机构的设置和官员的派遣。这一整个过程往往持续一年之内完成。由于县分置上海县是当时的松

江府向长辈之请批准。《元史·世祖本纪》载此举得于七月已未。谨案此，这必是公文到京，问日纳发其封签而对江阴为州，这必是公文到京，同时又重移州相对新城的一件事。放置官方面看，只有中央的批示才能作为是表的依据，所以城仕具是教之为都江知府时的此之《建学记》必以至元28年为是。

但是上海县城的真正划定知又占中央的批示之后，因此至元29年的举之言之据，而未宋宋的县城至元五年五月任命。唐时搭大为从主人工的中央的五月任命。唐时搭大为从主人工的中央的五月上海县的五乡乡与名名称，唐是读这这的简的之外，这些的29年至少年很快就，但在强调具务分类的时间而已。

综上所述，上海县城的三之间并不互相矛盾，而是综合体现了置县的全过程。严格说来，这已经过了至元29年县置县城，因此如和《弘治上海县志》所载，宜任上海县尹周次枢以第至元31年才到任为报。

虽然三说均有一定道理，但适用一年作为周年纪念的时适合理呢？据明年，正是至元二十八年辛卯，所从纪念为可见下表这作。马其所的工作足以装越这一段时间，只有以其未来决划下的最具其意义，后后到是今日午，新城民设置是是为政区的政界、针机的机制又将此处理以举措。至至上海二十八年七月己未已应该任为上海建城的表志时间，这一天下历历为公元1291年8月19日。

据此，明明年正好是上海建城七百周年纪念。

建城七百年的果实，上海已经成为为全国最大城市。我们是否可以进行举行纪念活动，以回顾上海的发展历程，总结正反正的经验与教训，并激励上海人民努力起振兴上海的光荣历史使命呢？上海历代又是更国际性的大都市，在古不上介为国家中属有特殊地位，我们又为什不可以开始纪念活动与纪念文化交流活动相结合，以使对促进改革开放的的实效，这上海更快进入世界先进城市的行列呢？

图1-24　文汇报1990年7月3日　周振鹤文章

周振鹤的文章认为：上海设县有一个过程。元代的至元二十七年（公元 1290 年），松江知府仆散翰文向元代中央政府奏请设置上海县；第二年秋七月，仆散翰文的奏请得到元代中央政府的正式批准；第三年，主簿郗赴署行事并着手划分上海县行政区域。通过对上述三个年代进行分析和论证，周振鹤主张至元二十八年（也就是公元 1291 年）应为上海建县的年代。这篇文章发表后，学术界就上海建县的时间问题展开了持续深入的讨论，文汇报"学林"版后续也刊发了诸多有关上海建城历史渊源的学术文章，大家基本认同了周振鹤所说的至元二十八年为上海建县的年份。这样的学术讨论，对于进一步确认上海这座城市的历史渊源，厚植上海文化与江南文化的历史蕴涵，无疑具有重要的意义。

第二章

思想解放的第二次高潮
（1992 年—2007 年）

（一）邓小平"南方谈话"带来的又一次思想解放

如前所述，从总的时间段来看，1978 年—1991 年是中国特色社会主义市场经济的目标探索阶段。其间，1984 年 10 月召开的十二届三中全会通过的《中共中央关于经济体制改革的决定》，明确提出改革的基本任务是建立有中国特色的社会主义经济体制，以促进社会生产力的发展；计划经济是公有制基础上的有计划的商品经济，必须自觉运用价值规律；商品经济的充分发展是社会经济发展的不可逾越的阶段。在这一阶段，农村经济体制改革成为改革开放的重大突破口，城市经济体制改革和对外开放也开始了逐步的试点和探索。尽管如此，这一阶段依然只是"初试啼声"的目标探索阶段,社会主义市场经济依然处于破题开道的探索阶段。

真正开启中国特色社会主义市场经济框架构建阶段的重要年份,是1992年,这一年初春,邓小平发表了著名的南方谈话,在全国掀起了继真理标准问题大讨论之后的第二次思想解放的高潮。当年召开的党的十四大,确立了社会主义市场经济的改革目标模式;之后的1993年11月,党的十四届三中全会通过《中共中央关于建立社会主义市场经济体制若干问题的决定》,明确提出使市场在国家宏观调控下对资源配置起基础性作用,确立了建立社会主义市场经济体制的目标。从此,我国改革开放的历史进程进入到一个全新的阶段,社会主义市场经济进入构建框架的新时期。

1. 刘国光访谈被皇甫平直接引用

"春江水暖鸭先知。"在邓小平发表南方谈话之前,理论界已经在逐步地酝酿并开始推动新一轮思想解放的思潮。特别值得一提的是,在邓小平发表南方谈话之前的1991年年初,文汇报就曾经在显要位置刊发了该报记者周锦尉对中国社科院时任副院长、著名经济学家刘国光的一篇访谈,访谈录在全国报纸中首次明确提出了"社会主义市场经济"的概念,引起了理论界的较大反响。

图 2-1 文汇报 1991 年 1 月 26 日 刘国光访谈

这是 1991 年 1 月 26 日文汇报"论苑"版刊发的一篇 6 000 字左右的访谈录,题为《90 年代深化改革的理论思考》。在这篇访谈录中,刘国光提出,20 世纪 80 年代我国经济体制的第一轮改革偏重于放权让利和物质刺激,这在当时是必要的,因为"过去十多年的放权让利,除了农村的联产承包责任制,寓利益调整于机制转换之中外,从城市企业的利润留成、经营承包制,到某些省市的财政包干,都侧重于利益调整,而不注重机制转换的问题。当然,放权让利有好处,就是能够在一定程度上调动地方、企业、个人的积极性。但过于偏重这一点,也带来弊端,它使得国民收入分配过分向地方、企业、个人倾斜,国家与中央的财力和调控能力被削弱。……而发展到现在,国家已无甚利可让了。因此,今后十年的改革要注重从转换机制上动脑筋。因为这个问题不解决,即使放权让利再多,我们还是一个软预算机制、大锅饭的机制,一个负赢不负亏的机制。国营大中企业为什么活不起来,原因固然很多,但主要是个机制问题"。20世纪90年代新一轮深层次的改革,则应该把重点转到经济机制的转换上来,形成同社会主义有计划商品经济相适应的竞争机制、淘汰机制和高效率的宏观调控机制。刘国光在文章中明确提出:

> 经济体制改革是一场市场取向的改革。
>
> 市场机制,通俗讲就是市场经济,作为一种经济运行方式,它是社会化、商品化过程中所必需的,并不是划分资本主义和社会主义的标志,两种制度都可以利用市场机制。那么社会主义区

别于资本主义的标准是什么呢?邓小平同志早就说过是"公有制"与"共同富裕"这两条,我认为是十分正确的。

应该说,在"市场经济"的理念当时还处于酝酿初期、尚未成为社会普遍共识的背景下,刘国光的上述观点无疑是超前的,引起理论界的巨大反响自然也在情理之中。事实上,1991年春,周瑞金、凌河、施芝鸿以"皇甫平"为笔名,在解放日报上发表为全社会所广泛关注和热议的系列评论文章,其中的第一篇评论文章《改革开放要有新思路》就明确引用了刘国光的上述观点。皇甫平的这篇文章提出:

> 在党的十三届七中全会前后,理论界和实际工作部门的同志,已经就深化改革、扩大开放,提出了一系列引人注目而又实实在在的新思路。例如,著名经济学家刘国光提出了要突出"机制转换"的改革新思路。他认为,80年代我国经济体制的第一轮改革偏重于放权让利和物质刺激,这在当时是必要的;90年代新一轮深层次的改革则应把重点转到经济机制的转换上来,形成同

社会主义有计划商品经济相适应的竞争机制、淘汰机制和高效率的宏观调控机制。否则,什么破产法、分税制、政企分开、两权分离统统都无从谈起。①

图 2-2 解放日报 1991 年 3 月 2 日 皇甫平文章

据刘国光访谈录的采访者、时任文汇报理论部副主任的周锦尉事后回忆,刘国光的访谈录在文汇报发表后,时任上海市委书记的朱镕基同志在上海市委党校的一次学员大会上表扬了此文,说"我很同意刘国光的观点,如果文汇报的这篇文章发在头版头条就好

---

① 参见皇甫平:《改革开放要有新思路》,解放日报,1991 年 3 月 2 日。

了，可以引起全国更多同志的关注"①。"如果文汇报的这篇文章发在头版头条"，也许会稍稍改变当代中国新闻史的写法。遗憾的是，历史从来就没有"如果"。刘国光先生的这篇访谈录，获得了当年度的全国报纸理论文章的一等奖，也是其引领思想潮流所应得到的褒奖。

2. 南方谈话之后的文汇报理论版

诚然，真正掀起真理标准大讨论之后的又一次思想解放运动高潮的，是1992年邓小平的南方谈话。1992年1月18日—2月21日，当时已离开中央领导岗位的邓小平，以普通党员的身份，先后赴武昌、深圳、珠海和上海视察，沿途发表了一系列重要谈话。3月26日，深圳特区报率先发表了"东方风来满眼春——邓小平同志在深圳纪实"的重大报道，集中阐述了党的第二代领导核心、改革开放的总设计师邓小平的南方谈话的要点内容。

邓小平南方谈话的核心要点是：革命是解放生产力，改革也是解放生产力，应当把解放生产力和发展

---

① 参见周锦尉：《朱镕基的"低调"与"高调"》，文汇报，2013年9月8日。

生产力讲全；判断改革开放姓"社"姓"资"，标准应该主要看是否有利于发展社会主义生产力，是否有利于增强社会主义国家的综合国力，是否有利于提高人民的生活水平；计划和市场都是经济手段，不是社会主义与资本主义的本质区别；社会主义的本质是解放生产力，发展生产力，消灭剥削、消除两极分化，最终达到共同富裕；社会主义要赢得与资本主义相比较的优势，必须大胆吸收和借鉴人类社会创造的一切文明成果，包括资本主义发达国家的一切反映现代社会化生产规律的先进经营管理方式；要抓住有利时机，发展自己，关键是发展经济，要注意稳定协调地发展，但发展才是硬道理。邓小平南方谈话发表后，在党内外、国内外引起强烈反响和巨大震动；南方谈话具有历史里程碑的意义，它是在国际国内政治风波严峻考验的重大历史关头，又一个解放思想、实事求是的宣言书，从而把改革开放和社会主义现代化建设推进到新阶段。

翻检报纸、回首历史，我们不难发现，重要的理论文章总是与重大的历史事件相互发明的。1992年邓小平南方谈话发表之后，文汇报随即发表系列评论《坚持一个"中心"》《财大才能气粗》《力戒形式主义》《加快改革开放》,以特殊的手势营造舆论氛围,为新的思想解放高潮助推增力、添柴加薪。随后不久,文汇报在北京召开了首都理论界人士座谈会——每逢重要节点和重大历史关头,文汇报往往都会在北京组织理论界专家学者座谈,然后刊发与会专家学者的座谈发言。这种方式,几乎成了文汇报构建自身理论学术特色的一种"标配"。此后每逢出现重大历史事件或恰逢重要历史时刻,文汇报往往会到北京组织理论学术界知名专家学者举行座谈研讨,推动理论学术风气的活跃。

1992年的这次首都理论界人士座谈会,旨在学习邓小平南方谈话精神,进一步倡导破除思想障碍、加大改革力度,为新一轮的思想解放运动高潮做呼应。由于文汇报在当时的理论界知识界具有很高的美誉度,首都理论界以超前的豪华阵容亮相此次座谈会,马洪、于光远、许涤新、童大林、龚育之、董辅礽、吴敬琏、厉以宁、萧灼基等数十位著名专家学者出席并发言。之后不久,吴敬琏的《正确处理改革和发展的关系》、厉以宁的《企业改革的目标模式是股份制》、晓亮的《先富是条件,共富是目标》、方生的《重新认识资本主义,积极利用资本主义》等观点鲜明的发言,同时发表在 1992 年 4 月 24 日的文汇报理论版面上，形成了强势的思想舆论氛围。

图 2-3　文汇报 1992 年 4 月 24 日理论学术版

其中，著名经济学家厉以宁的《企业改革的目标模式是股份制》一文，较早且全面系统地涉及了社会主义市场经济中企业改革的一个核心问题——实行股份制。事实上，正是因为不遗余力地倡导对企业进行股份制改革，厉以宁后来收获了"厉股份"的社会美誉。

在这篇座谈发言中，厉以宁认为，企业改革实行股份制有诸多优越性，包括：股份制企业必定是行为长期化的；股份制企业必定会争取实现最大效益；由于实行股份制，政企得以真正分开；生产要素得以在社会范围内优化组合；国有资产得以维护；股份制有利于把消费基金直接转化为生产基金；有利于财政体制改革——向分税制过渡；有利于企业参加高层次的国际市场竞争。厉以宁还特别强调，就我国的实际情况来看，在股份制的发展中，应把公有经济和公有经济为主的股份制企业作为重点，这样，既可以保持公有经济在国民经济中的主体地位，发挥公有经济的主导作用，又可以动员大量社会资金，把它们用于扩大再生产，以利于国民经济的发展。邓小平南方谈话之后我国企业股份制改革的进程表明，股份制改革是建立现代企业制度的一条重要路径，厉以宁有关企业股份制改革的一系列论著和观点，对我国企业的股份制改革起到了重要的推进作用。此后，厉以宁还先后在文汇报理论版发表了《企业法人财产权的确立对中国经济改革的意义》（1993年12月13日）、《中国股份制企业的发展前景》（2000年1月12日）等重要理论文章，对股份制改革和现代企业制度的建立等经济改革的重大理论问题做了深入的思考和探索。

图2-4 文汇报1993年12月13日 厉以宁文章

图 2-5 文汇报 2000 年 1 月 12 日 厉以宁文章

在邓小平发表南方谈话的同时和之后，北京的多位重要理论家在文汇报刊发文章，对邓小平建设有中国特色的社会主义理论加以阐释，其中，冷溶的《邓小平与我国现代化建设三步发展战略目标的形成》一文（1992 年 3 月 6 日），详尽梳理了邓小平所构想的我国现代化发展战略目标的形成过程，强调始终不渝全面贯彻"一个中心、两个基本点"的党的基本路线，是邓小平思想的核心所在。这篇文章，以及后来龚育之的《线索和阶段——邓小平建设有中国特色的社会主义理论形成和发展的几个问题》(1993年6月23日),对于学习、理解和研究邓小平建设有中国特色社会主义的思想体系,起了积极的推动作用。

图2-6 文汇报1992年3月6日 冷溶文章

图2-7 文汇报1993年6月23日 龚育之文章

图2-8 文汇报1993年6月23日 龚育之文章（续）

在同一时间，上海的专家学者也纷纷为文汇报撰写理论文章，深入宣传和阐释邓小平南方谈话精神，其中包括李君如的《改革也是解放生产力》(1992年3月27日)、冷鹤鸣的《大胆吸收和借鉴人类文明成果》(1992年4月3日)、夏禹龙的《以更大的胆魄加快改革开放步伐——学习邓小平重要讲话答客问》(1992年5月1日)等。党的十四大召开前夕，文汇报更是以《建立社会主义市场经济》为题发表了评论员文章,为十四大的召开营造舆论氛围。党的十四大召开后,深入阐释社会主义市场经济以及学习、宣传、研究邓小平建设有中国特色社会主义理论成为理论界的热点,文汇报分别于 1992 年 10 月 31 日、11 月 1 日、11 月 5 日、11 月 9 日和 11 月 13 日,连续以《建设有中国特色社会主义理论是我们前进的旗帜》为题发表"本报'首都理论界学习十四大报告座谈会'发言摘要",形成了显著的规模效应。

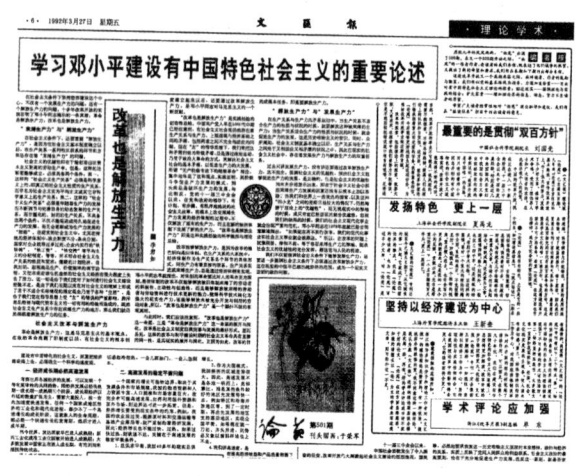

图 2-9 文汇报 1992 年 3 月 27 日 李君如文章

图 2-10 文汇报 1992 年 5 月 1 日　夏禹龙文章

3. 刘吉论邓小平

1997 年 9 月召开的党的十五大，直接把"邓小平建设有中国特色的社会主义理论"称作"邓小平理论"并写入党章，以此作为党的指导思想。之后，文汇报理论版在一个相当长的时间跨度里发表了一系列重要理论文章，深入宣传和阐释邓小平理论的思想内涵和实践意义，这种宣传和阐释差不多一直延续到现在，其中，刘吉的《邓小平理论与中国特色社会主义》（2012 年 10 月 29 日）一文，是这一系列文章中很有代表性的一篇理论文章。

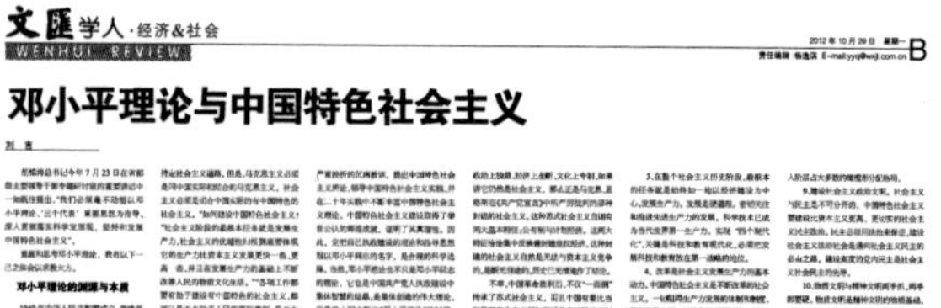
文匯学人·经济&社会

WENHUI REVIEW

2012年10月29日 星期一 B

邓小平理论与中国特色社会主义

刘吉

图 2-11　文汇报 2012 年 10 月 29 日　刘吉文章

这篇文章在对邓小平理论的形成加以溯源之后，明确提出：邓小平的中国特色社会主义理论是以往种种社会主义理论所没有的全新理论，之所以能够被称作是一种全新的社会主义理论，主要体现在以下方面：其一，把马克思主义基本原理和中国当代实际相结合，坚决走中国自己的路。既不照搬西方资本主义，也不照搬其他社会主义，一切从中国实际出发，一切以"三个有利于"为标准，开拓中华民族伟大复兴之路。其二，社会主义建设分几步走。当今中国还是社会主义初级阶段。第一步战略，解决全民温饱；第二步战略，实现全面小康；第三步战略，是达到符合世界标准的中等收入发达水平。其三，在整个社会主义历史阶段，最根本的任务就是始终如一地以经济建设为中心，发展生产力。发展是硬道理。要密切关注和推进先进生产力的发展。科学技术已成为当代世界第一生产力。实现"四个现代化"，关键是科技和教育现代化，必须把发展科技和教育放在第一战略的地位。其四，改革是社会主义发展生产力的基本动力。中国特色社会主义是不断改革的社会主义。一切阻碍生产力发展的体制和制度都在改革之列，改革的目的在于不断解放生产力。在一切经济领域实行社会主义市场经济体制，以代替传统的计划经济体制。社会主义改革是包括政治、文化等各方面的全面改革。社会主义改革是继第一次以夺取政权为目标的"政治革命"之后的第二次革命,是一场建设社会主义全面基础的"社会革命"。其五,中国社会主义建设必须实行开放。世界走向中国,中国走向世界,中国与世界共享全球化的效益,共建和平共赢的世界新秩序。中国特色社会主义是开放的社会主义。开放也是改革,是另一意义上的改革。其六,改革开放、经济发展都要抓住历史机遇,加速推进。现在就是千载难逢的好机遇。要有抓住历史机遇的紧迫感和责任感,还要有担心丧失机遇的忧患意识。要不断解放思想,按照"三个有利于"标准,看准了,就大胆地试,大胆地闯。其七,逐步消灭一切形式的剥削。剥削就是不劳而获,无偿占有他人劳动的剩余价值,这是与社会主义本质根本不相容的。所有制不再是决定剥削与否的依据。代替全民所有制(国有制)垄断的是各种所有制成分共同发展。所有剥削是社会分配不公的根源和全部内容。其八,中国是一个发展不平衡的大国,13亿人口是举世无双的超级社会。因此,让一部分地区先富起来、让一部分人先富起来,是实现共同富裕的必经之路。社会主义公正分配的原则是"各尽所能,各取所值",从而社会主义最终实现的共同富裕绝不是小生产意识要求的平均主义分配格局,而是中等收入阶层占大多数的橄榄型分配格局。其九，建设社会主义政治文明。社会主义与民主是不可分开的，中国特色社会主义要建设比资本主义更高、更切实的社会主义民主政治。民主必须用法治来保证，建设社会主义法治社会是通向社会主义民主的必由之路。建设高度的党内民主是社会主义社会民主的先导。其十，物质文明与精神文明两手抓，两手都要硬。物质文明是精神文明的物质基础，精神文明是巩固和促进物质文明发展的坚强支柱。其十一，中国共产党是建设中国特色社会主义的领导核心，是中国特色社会主义政治体制不可分割的核心组成。党要管党，治党从严。党要与时俱进，不断提高自己的执政能力和水平。党要代表中国先进生产力的发展要求、代表中国先进文化的前进方向、代表中国最广大人民的根本利益，在领导中国社会主义改革和建设的客观实践中不断改革和完善党本身。其十二，建设中国特色社会主义是一个漫长历史时期，慢了不行，欲速则不达。唯一正确的道路就是坚持十一届三中全会以来党的"一个中心，两个基本点"的基本路线一百年不动摇。要始终保持清醒头脑，排除一切"左"或"右"的折腾以及其他干扰。刘吉的文章，是在当时新的历史条件下对邓小平理论和中国特色社会主义的一种全方位梳理和阐释。

可以说，在邓小平南方谈话所掀起的新一轮思想解放运动中，集中优势版面连续发表重点理论文章，为社会主义市场经济和中国特色社会主义鼓与呼，是文汇报理论学术版的一大特色。这也在很大程度上反映了改革开放进程中人们对思想和理论的真实需求。

（二）一批重要理论文章

邓小平南方谈话掀起第二次思想解放高潮，把中国特色社会主义推进到全新的阶段，同时也为文汇报建设理论色彩更加浓厚、思想更加活跃的版面提供了条件。改革是一场深刻的革命，必须坚持正确的方向，既不能走封闭僵化的老路，也不能走改旗易帜的邪路。在这一原则性问题上，文汇报自始至终保持着清醒的立场。就此而言，除了上述提到的一大批重要理论文章，文汇报的理论版还有几篇重要理论文章，特别值得一提。

1. 赵修义的《社会主义市场经济的伦理辩护问题》

在推进社会主义市场经济的过程中，如何认识社会主义市场经济的价值目标,是与市场经济伴随始终的一个重要问题。赵修义的文章《社会主义市场经济的伦理辩护问题》,从哲学的高度对社会主义市场经济的价值目标做了清晰的辨析。该文提出,建设社会主义市场经济体制,不仅经济学的理论负有重大的使命,哲学和伦理学也责无旁贷;社会主义市场经济需要从伦理观、价值观上做出合理性、可行性和正当性的辩护;而要完成社会主义市场经济的伦理辩护,必须紧紧扣住社会主义市场经济的价值目标。这一价值目标包括下述内容:发展生产,消灭贫穷;坚持独立自主,提高综合国力,使中国人民"永远岿然屹立于世界民族之林";"走社会主义道路,就是要逐步实现共同富裕";建设社会主义精神文明,"教育全国人民做到有理想、有道德、有文化、有纪律"。该文认为,如果不懂得"发展才是硬道理",只讲精神价值和正义原则,在理论上就会陷入唯心主义的"伦理社会主义",在实践上就会重蹈覆辙,使社会主义理想失去其应有的吸引力;同样,如果忽视精神价值和正义原则,片面地把发展和现代化,甚至把经济增长视为唯一的价值目标,把"发展"上升为"主义",在理论上就会陷入纯经济主义,在实践上同样会使社会主义事业失去对广大人民的吸引力，到头来"发展"也会成为一句空话。这篇文章在有关社会主义市场经济的讨论中独树一帜，受到理论界广泛关注。据作者赵修义近期对笔者回忆，该文最早的动因就是文汇报社领导的约稿，在8000余字文章成稿后，文汇报刊发了文章的第三部分。当年，该文被选入中宣部召开的第二次全国邓小平理论研讨会，并由中宣部交给上海的《毛泽东邓小平理论研究》杂志于1994年第5期全文刊发。最终，该文获得1994年度中宣部的"五个一工程奖"。

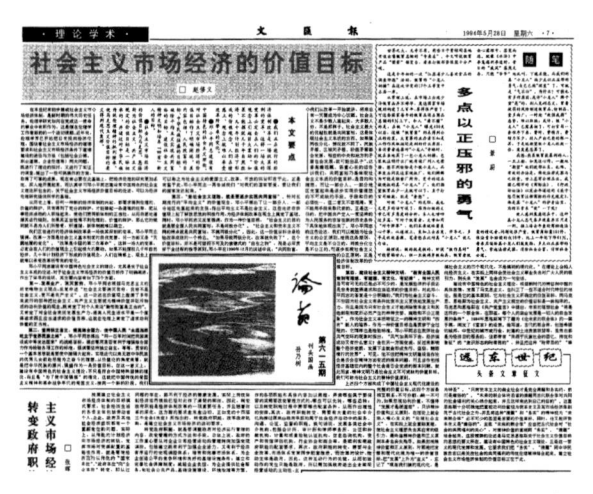

图2-12　文汇报1994年5月28日　赵修义文章

2. 蒋学模、史正富的《用马克思经济理论武装干部头脑》

另一篇特别值得一提的重要理论文章,是 2004 年 11 月 8 日文汇报"论苑"版刊发的著名经济学家蒋学模和他的得意门生史正富合写的《用马克思经济理论武装干部头脑》。针对当时理论界过度推崇西方经济学理论、忽视马克思主义政治经济学的倾向,文章做了及时的提醒,指出:从党的十一届三中全会开始的改革实践看,彻底否定西方经济学是片面的,但如果反过来,全盘接受西方经济学,彻底排斥马克思主义政

图 2-13 文汇报 2004 年 11 月 8 日 蒋学模、史正富文章

治经济学,那就要犯更大的错误。

文章认为,一些学者尊崇西方经济学和贬低马克思主义经济学的理由之一,是马克思的经济理论形成于19世纪中叶,只适用于传统市场经济,不能阐明现代市场经济。这话不对。马克思对具体经济关系的论断可能因客观条件改变而失效,但马克思经济理论的基本原理,对于我们研究当前的问题十分有用,必须遵循。而对于西方经济学,应该采取科学分析的态度。对于西方经济学中反映资产阶级偏见、掩饰资本主义剥削制度本质及其深层次矛盾的基础理论,必须深刻批判,坚决摒弃。对于西方经济学中描述和分析私有制市场经济微观运行和宏观管理的具体理论观点,则应结合我国国情,有分析有选择地加以吸收,作为发展我国社会主义市场经济的借鉴。

蒋学模倾其一生致力于马克思主义政治经济学的教学和研究,他的《政治经济学》教材前后出了十余版,印行将近2 000万册,影响了一代又一代的经济学师生和党政干部。《用马克思经济理论武装干部头脑》这篇文章,敏锐把捉到了社会主义市场经济推进过程中出现的一些倾向性问题,重申了社会主义市场经济的原则问题,可谓蒋学模先生晚年的一篇警醒之作。

3. 覃正之、靳申文的重要理论文章

前文已经提到,作为中青年优秀学者的突出代表,王沪宁从1987年7月开始在文汇报发表理论文章,其间多年连续不断,1992年之后,更是有多篇重要理论文章在文汇报刊发,涉及诸多重大议题。其中,发表于1993年7月2日的《清除腐败是实现现代化的必要保证》一文,比较早地完整、系统论述了党风廉政建设和反腐败斗争。文章提出:在任何社会中,腐败现象都是有害的因素,如果不加以抑制,就会侵蚀社会健康的肌体,影响社会的发展过程,就会最终破坏政治制度和社会制度的基础,动摇人们对社会基本制度的信心。社会主义应该比旧社会和旧制度更有力地防范腐败现象;如何有效地清除腐败,过去我们有一些经验,但是社会环境和条件发生变化了,这些经验不够了。应该研究在新的发展格局下,在新的社会条件下如何有效防止腐败的问题;惩治和清除腐败,既是紧迫的任务,也是长期的任务,抓好反腐败这项战略任务,第一要有气势,必须猛药下沉疴。第二要坚持"两手抓",即物质文明和精神文明"两手抓"。第三要从领导抓起,我们党员干部,特别是高级干部要带头。第四

要有精神武装。防范腐败的最基本的手段是从思想上或者说从道德上防范,靠制度和法律毕竟是被动的,是一种外部的强制。如果党员干部在政治道德方面有很好的修养,能够自觉地严格要求自己,防微杜渐,能够以人民的利益为最高的利益,那是最有力量的防范。共产党应该做到这一点,这本来就是共产党的基本原则。第五要长期斗争。腐败现象是社会发展过程中不可避免的消极现象,因而我们也不能期望毕其功于一役,不能放松警惕,不能时抓时放,而应始终牢牢抓住不放,要长期作战。这篇文章,对党风廉政建设和反腐败斗争的重大意义和基本任务做了非常精要的分析和论述。

1995年之后,文汇报连续刊发了多篇以"覃正之"、"靳申文"等为笔名的重要理论文章,如以"覃正之"为笔名发表的《论政治在改革开放中的重要作用——学习邓小平同志的政治领导艺术》(1995年11月17日头版转理论版)、《论加强精神文明建设》(1996年3月2日头版转理论版),以"靳申文"为笔名发表的系列文章《学好纲领性文件 解决历史性课题》(1996年10月16日头版转二版)、《增强自觉性和坚定性 坚持两个文明一起抓》(1996年10月18日第五版)、《科学的指导思想 明确的工作目标》(1996

年10月21日第二版)、《着力加强思想道德建设》(1996年10月24日第三版)、《全面繁荣社会主义文化事业》(1996年10月28日第五版)、《精神文明建设的关键在于党》(1996年11月13日第三版),等等。

图2-14 文汇报1995年11月17日 章正之文章

图2-15 文汇报1995年11月17日 章正之文章(续)

论加强精神文明建设

章正之

江泽民同志最近在全国宣传部长会议上指出，为促进物质文明和精神文明协调发展，中央决定把精神文明建设作为十四届六中全会的主要议题。这是事关我国改革开放和现代化建设顺利进行的一项重要战略举措。面向九十年代后期改革开放的前景，处在世纪之交的重要时刻，社会主义精神文明建设的地位日益突出，在这样的历史条件下，有必要对精神文明建设作出全盘布局，统筹规划，为我国顺利建成社会主义市场经济体制，以昂扬的姿态跨入21世纪创造充分的精神条件。

改革开放开始的时候，小平同志就高瞻远瞩地提出"两手都要硬"的战略方针，指出："我们要在建设高度物质文明的同时，提高全民族的科学文化水平，发展高尚的丰富多彩的文化生活，建设高度的社会主义精神文明"。江泽民同志也多次强调不能"一手硬、一手软"，在改革开放的全过程中都要大力抓精神文明建设。这一战略指导思想，对全面落实改革开放的政策，平衡地推动社会全面发展，意义重大。正因为我们坚持正确的指导思想，改革开放和社会发展方能扬帆前进。

改革开放以来，精神文明建设成绩斐然，主要表现在，（1）确定了符合历史规律的精神文明发展方向，彻底扭转了精神文明领域中过去长期存在的"左"的影响，同时坚决抵制了来自右的方面的冲击，使精神文明建设找到了符合当前我国历史发展阶段的目标和道路。（2）确立了邓小平建设有中国特色社会主义理论在全党和全国的指导地位，解决了新时期中国向何处去的重大理论问题。（3）确立了在整个改革开放过程中物质文明和精神文明两手抓的长期战略。（4）广大人民群众的思想精神充分解放，摆脱了过去的禁锢，精神面貌焕然一新，社会伦理道德观念发生变革，社会风气康康发展，民主和法制建设成绩显著，精神力量变为改革开放的巨大物质力量。（5）形成了有利于精神文明发展的宏观环境，整个社会方方面面的力量形成合力。（6）在理论研究、文化艺术、伦理道德、教育科学、新闻广播、社会风气和制度规范等领域均取得了重要进展，全社会精神文明的新格局正在形成。我们在精神文明建设方面取得的成绩，有力地保障了改革开放的顺利推进。

尽管我们取得了不可低估的成绩，但是，在如何认识精神文明建设的地位和发展状况上，存在着一些认识上的偏差，集中表现在，（1）不能正确认识精神文明建设在整个社会发展中的重要地位，错误地以为经济发展就是要以牺牲精神文明为代价，等经济上去了再来谈精神文明，对抓精神文明建设掉以轻心，敷衍了事。（2）不能正确地认识改革开放和现代化建设与精神文明建设的关系，甚至以为改革开放冲击了精神文明建设，建立市场经济体制导致精神文明建设滑坡，不能正确地扬弃精神文明领域中出现的问题的症结所在。（3）不能正确认识历史新时期形成的理论体系和价值观念，对坚持以我的基本路线和基本理论指导精神文明建设产生怀疑，少数人甚至否定马克思主义、社会主义在我国精神文明发展中的主导地位，提出或者"全盘西化"、或者"全盘古化"的主张。这些观点尽管是少数人的，但在认识论上模糊懵懂，在政治上幼稚有害，干扰着广大干部群众的思想认识，不利于我们统一思想、集中力量抓精神文明建设。

加强精神文明建设，首先应当澄清思想，端正认识。要使人们真正明确，精神文明建设在我国改革开放和现代化建设中具有重要的战略地位，坚持以马克思主义、毛泽东思想和小平同志理论指导精神文明建设是不能动摇的政治方向，改革开放如火如荼的进程给精神文明建设注入了巨大的活力，而不是相反。这是我们抓精神文明建设非常重要的思想认识基础。

我们要清醒地看到，在国内外多种因素的相继冲撞下，在我国多方面条件的综合作用下，目前我国的精神文明建设还存在一些需要妥善处理的关系。加强精神文明建设，就是要分析这些关系的发展状况和矛盾，对症下药，有的放矢，确定任务，采取措施，朝着"以科学的理论武装人，以正确的舆论引导人，以高尚的精神塑造人，以优秀的作品鼓舞人"的方向继续前进。

（下转第三版）

我们知道，1996年是我们党推动社会主义精神文明建设的一个极其重要的年份，这一年10月召开的党的十四届六中全会通过的《中共中央关于加强社会主义精神文明建设若干重要问题的决议》，明确提出了社会主义精神文明建设的指导思想、目标任务和重大措施，对社会主义精神文明建设作出了全面部署，是指导我国社会主义精神文明建设的纲领性文件。因此，1996年的文汇报理论版，用了相当大的精力和篇幅来深入阐发加强社会主义精神文明建设的重要意义。"靳申文"连续发表的六篇重要理论文章，就是在第一时间解读和学习贯彻十四届六中全会精神的权威之作。

而早在党的十四届六中全会召开之前的3月2日，文汇报重点刊发的"覃正之"撰写的《论加强精神文明建设》一文，则从社会发展的功能的角度论证了社会主义精神文明建设的战略地位和重要意义。文章认为：国家的治理、人民内心的自律、国家的长治久安、国民素质的高低、国家的"软实力"基础等，都要从战略高度来考虑精神文明建设。该文明确提出：尽管我们在加强精神文明建设方面取得了不可低估的成绩，但是，在如何认识精神文明建设的地位和发展状况上，存在着一些认识上的纰缪，其中表现在：(1)不能正确认识精神文明建设在整个社会发展中的重要地位，错误地以为经济发展就是要以牺牲精神文明为代价，等经济上去了再来谈精神文明，对精神文明建设掉以轻心，敷衍了事。(2)不能正确地认识改革开放和现代化建设与精神文明的关系，甚至认为改革开放冲击了精神文明建设，建立市场经济体制导致精神文明建设滑坡，不能正确地揭示精神文明领域中出现的问题的症结所在。(3)不能正确认识历史新时期形成的理论体系和价值观念，对坚持以党的基本路线和基本理论指导精神文明建设产生怀疑，少数人甚至否定马克思主义、社会主义在我国精神文明发展中的主导地位，提出"全盘西化"或者"全盘古化"的主张。针对这些模糊甚至错误的认识，文章提出，社会主义精神文明建设，既要端正认识和明确政策，又要有得力措施，并进而提出了七个方面的具体措施：一是制定精神文明发展的系统规划；二是建立精神文明建设的社会网络；三是不断建设精神文明建设的物质载体；四是培养和树立精神文明的示范群体；五是加大精神文明建设的投入，形成投入自我增长的社会机制，使精神文明建设具有比较厚实的物质基础；六是严格控制和有力抑制各种腐蚀人们精神的有害因素；七是建立精神文明建设的领导责任制。

尤其值得一提的是,这篇文章的第六部分,用专章阐述了建设适应中国发展需要的强大的社会科学体系的重要性和紧迫性,文章提出:

> 没有适合中国国情的经济学、政治学、法学、社会学、管理学等社会科学学科的发展,就不会有有中国特色社会主义的成功。目前社会科学的状况与社会发展的要求不相适应,食洋不化的有之,本本主义的也有之。简单生硬地搬用西方的理论和模式来解决中国的问题,不仅引起理论上的水土不服,而且直接间接地导致了西方价值观念的传播。西方国家对他国的文化霸权,细细想来,很重要的一条就是他们各个学科的种种理论体系和方法论对他国的辐射。发展强大的中国社会科学,不仅是社会科学为社会发展作出贡献的问题,而且是文明竞争的重大问题。一个国家没有强大的社会科学,不仅不能正确认识社会发展的特性,确立恰当的发展政策,社会前进过程中的矛盾不能及时被化解,而且会丧失社会理论体系的主导权。

在阐述加强社会主义精神文明这一重大问题时，突出强调了发展强大自主的中国社会科学的重要性，凸显了作者对建构中国哲学社会科学话语体系的自觉意识。这些文章的一系列观点，时至今日依然显得那么重要。

（三）与首都理论界的互动：以郑必坚和龚育之为例

北京作为中国的政治、经济、文化中心，在专家学者资源和信息渠道等方面有着天然的优势。利用包括驻北京办事处记者站在内的多种便利与首都理论界保持良好互动，是文汇报一直以来的传统做法，也是文汇报在理论学术方面能够保持传统特色的比较优势所在。改革开放以来，文汇报曾经先后多次在北京召开首都理论界专家学者座谈会。如前所述，20世纪80年代，文汇报就先后两次在北京召开首都部分理论工作者座谈会。1992年邓小平南方谈话之后，文汇报又在北京组织了首都理论界人士座谈会，学习邓小平南方谈话精神，倡导破除思想障碍。党的十四大召开后，文汇报在北京举办了首都理论界学习十四大报告座谈会。每次座谈会之后，文汇报都会用大幅版面刊发与会专家学者的发言或发言摘要，在社会各界引发广泛关注。文汇报的这一传统，一直延续到21世纪。

由于同首都理论界保持着良好的互动，因此，长期以来，北京的一大批理论界专家学者都会把自己的重要理论文章交付文汇报理论学术版刊发，其中包括郑必坚、龚育之、厉以宁、董辅礽、金冲及、张卓元、吴敬琏、冷溶、俞可平、林毅夫、蔡昉、樊纲、石仲泉、李忠杰、李洪峰、汤一介、刘梦溪等。其中，著名理论家郑必坚和龚育之与文汇报的渊源，可以说成就了理论界的佳话。

1. 郑必坚与文汇报

郑必坚是中华人民共和国成立后，尤其是改革开放以后我们党内重要的理论家，长期在国务院研究室、中央书记处工作，先后担任过中国社会科学院副院长、中共中央宣传部常务副部长、中共中央党校常务副校长、国家创新与发展战略研究会会长等重要职务，参与了自1982年之后历次党的全国代表大会的文件起草，是邓小平1992年南方谈话的整理执笔人。多年以来,郑必坚一直围绕"以中国和平崛起为主题的中国大变动、新觉醒",和"以世界和平发展为主题的世界大变动、新觉醒"来展开他的全部理论思考,形成了一系列重要的理论成果。1994年11月,中共上海市委宣传部、上海社科院邓小平理论研究中心、上海市邓小平理论研究会、解放日报社和文汇报社曾经在上海联合召开"邓小平建设有中国特色社会主义理论与上海改革开放"理论研讨会,时任中共中央宣传部常务副部长的郑必坚到会并发表了重要讲话。

郑必坚真正以作者身份为文汇报撰写理论文章,还是在他出任中央党校常务副校长之后。可查证的资料表明,1998年6月1日,郑必坚在文汇报发表了《马克思主义思想路线的力量》一文,对党的一切从实际出发、理论联系实际、实事求是、在实践中检验真理和发展真理的思想路线做了重申,作为对真理标准问题大讨论二十周年的纪念。

这是他在文汇报比较早发表的一篇重要理论文章。在这篇文章中,郑必坚指出:是否承认实践是检验真理的唯一标准,看起来是哲学问题,实际上却是要不要坚持马克思主义思想路线的问题,就它的政治影响而言,本质上又是一个事关全局的重大政治问题。思想路线的拨乱反正，启发和推动了政治路线和组织路线的拨乱反正，启发和推动了全党全民族把意志和力量集中到社会主义现代化建设这个最大实践上来，并且使这个最大实践真正成为我们党观察和处理一切问题的根本出发点和落脚点。正因为这样，这场讨论，实质上成了一场强烈呼唤我们社会主义新时期伟大变革的思想解放运动，一场为我国社会主义新时期改革和发展提供精神动力的思想解放运动，因而是一场关系整个政治大局的思想解放运动。真理标准问题讨论，讨论的是思想路线问题，但它所导向的中心课题，归根到底要解决的根本问题，是社会主义问题，即要搞清楚什么是社会主义、怎样建设社会主义。

从1998年开始，一直到21世纪的头十五年，郑必坚在文汇报发表了多篇重要理论文章，包括《中国共产党全面加强自身建设的马克思主义新觉醒》（2001年10月26日）、《中国和平崛起的新道路》（2004年3月21日）、《中国的和平崛起与亚洲的新角色》（2005年4月24日）、《中国路 中国梦 中国心》（2006年9月22日）、《当前经济社会发展中某些深层次矛盾和社会主义初级阶段的"双重使命"》（2008年10月20日）以及文汇报记者的访谈《关于我们党和国家全局工作的四个根本问题》(2012年11月26日)等。

其中,《中国和平崛起的新道路》是一篇十分重要的文献。针对当时国际社会逐渐兴起的"中国威胁论"和业已陈词滥调的"中国崩溃论",郑必坚和他的研究团队明确提出了中国"和平崛起"的新发展道路,在全球舆论界对所谓的"中国威胁论"和"中国崩溃论"做了富有成效的应对。应法国《费加罗报》之约,郑必坚撰写了《中国和平崛起的新道路与中欧关系》一文,这是一篇在西方主流媒体传播和阐释中国新发展道路的重要理论文章。郑必坚一开始并没有答应在国内媒体发表该文的中文版;笔者在与作者反复进行沟通并提出相应的刊发方案之后,最终征得作者同意授权,于2004年3月21日在文汇报第二版头条位置与法国《费加罗报》同步刊发了这一文章。

图2-17 文汇报2004年3月21日 头版上关于郑必坚文章的消息

图2-18 文汇报2004年3月21日 郑必坚文章

文章鲜明回答了如何看待中国的崛起这一国际社会普遍关注的热点问题，提出：

> 中国实行改革开放以来，取得了一系列新的重大进步和发展，但是，中国远未摆脱不发达状态，仍是一个发展中国家。无论看似多么小的，甚至可以忽略的经济和社会发展难点，只要乘以13亿，那就成了一个大规模的，甚至可能是超大规模的问题；而无论绝对数量多么可观的财力、物力，只要除以13亿，那就成为相当低的，甚至很低很低的人均水平了。中国实行改革开放以来，已经开创出一条适合中国国情又适合时代特征的战略道路，这就是：在同经济

图2-19 文汇报2005年4月24日 郑必坚文章

全球化相联系而不是相脱离的进程中独立自主地建设中国特色社会主义。这是一条在积极参与经济全球化的同时,走独立自主的发展道路,同时,又是一条奋力崛起而又坚持和平、坚持不争霸的道路。

这篇文章以宏大气魄鲜明地提出了中国的"和平崛起"发展道路,言简意赅且又深刻地阐明了中国特色社会主义道路究竟是怎样一条道路。文章发表后,在国际社会尤其是法国的政界、学界产生了很大反响,文汇报驻巴黎记者郑若麟随后还对该文引发的积极反响做了大篇幅的跟踪报道。

《中国路 中国梦 中国心》一文是郑必坚在2006年第二届世界中国学论坛上的主旨讲演,也是他进一步深入阐述中国和平崛起的一篇力作。在这篇讲演中,郑必坚提出:中国的和平发展道路,是一条世界近代以来一切后兴大国从未提出过,更没有实践过的独特的发展道路。这是在研究借鉴世界发展史特别是大国兴衰史的经验教训的基础上,对国家发展道路和对内对外战略所作出的正确选择。中国坚持走和平发展道路,既是中国的国情、中国的文化传统和中国作为社会主义国家的性质所决定的,也是当今世界发展潮流所要求的。实现中华民族伟大复兴的"中国梦",从根本上说是同近代以来中华民族的多灾多难直接相关的。我们深知强权之可恶,和平之可贵。所以一要维护国家主权和领土完整,二要用和平的方式、文明的方式实现国家发展和现代化,这两大历史性追求,于是成为

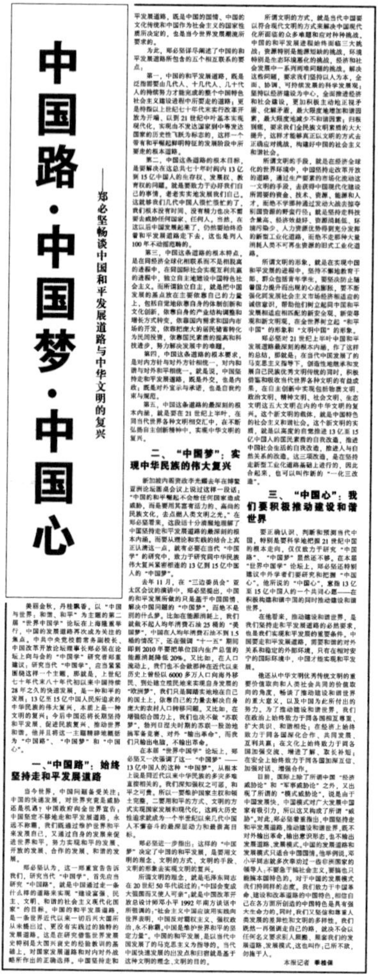

中国路·中国梦·中国心

——郑必坚畅谈中国和平发展道路与中华文明的复兴

美丽金秋，丹桂飘香。以“中国与世界：和谐、和平”为主题的第二届“世界中国学”论坛在上海隆重举行，中国的发展道路再次成为关注的焦点。中共中央党校前常务副校长、中国改革开放论坛理事长郑必坚在论坛上向与会的“中国学”研究者郑重建议：研究当代“中国学”，应当紧紧围绕这样一个主题，那就是，上世纪七十年代末八十年代初以来中国持续28年之久的快速发展，是一种和平的发展；13亿至15亿中国人民所追求的中华民族的伟大复兴，本质上是一种文明的复兴；今后中国还将长期坚持和平发展，促进民族复兴、推动世界和谐。他并且将这一主题精辟地概括为“中国路”、“中国梦”和“中国心”。

一、“中国路”：始终坚持走和平发展道路

当今世界，中国问题备受关注：中国的快速发展，对世界究竟是威胁还是机遇？中国政府向全世界宣告：中国坚定不移地走和平发展道路，永远不称霸，我们既通过维护世界和平来发展自己，又通过自身的发展来促进世界和平，努力实现和平的发展、开放的发展、合作的发展、和谐的发展。

郑必坚认为，这一郑重宣告告诉我们，研究当代“中国学”，首先应当研究“中国路”，就是中国通过走一条什么样的道路来实现“建设富强、民主、文明、和谐的社会主义现代化国家”的目标。中国的和平发展道路，是一条世界近代以来一切后兴大国所从来提出过、更没有实践过的独特的发展道路。这是在研究借鉴世界发展史特别是大国兴衰史的经验教训的基础上，对国家发展道路和对内对外战略所作出的正确选择。中国坚持走和平发展道路，既是中国的国情、中国的文化传统和中国作为社会主义的国家性质所决定的，也是当今世界发展潮流所要求的。

为此，郑必坚详尽阐述了中国的和平发展道路所包含的五个相互联系的要点：

第一，中国的和平发展道路，既是泛指需要由几代人、十几代人、几十代人的持续努力才能完成的整个中国特色社会主义建设进程中所要走的道路；更是特指以上世纪七十年代末实行改革开放为开端、以到21世纪中叶基本实现现代化，实现由不发达国家到中等发达国家的历史性飞跃为标志的，这样一个带有和平崛起鲜明特征的发展阶段中所要走的根本道路。

第二，中国这条道路的根本目标，是要解决在这总共七十年时间内13亿到15亿中国人的生存权、发展权、教育权的问题。就是要致力于办好我们自己的事情，老老实实地发展我们自己。这就够我们几代中国人很忙很忙的了，我们根本没有时间、没有精力也决不需要去威胁任何国家、任何人。当然，在这以后中国发展起来了，仍然要始终沿着和平发展道路走下去，这也是列入100年不动摇范畴的。

第三，中国这条道路的根本特点，是在同经济全球化相联系而不是相脱离的进程中，在同国际社会实现互利共赢的进程中，独立自主地建设中国特色社会主义。而所谓独立自主，就是把中国发展的基点放在主要依靠自己的力量上，包括自觉地依靠自身的体制创新和文化创新，依靠自身的产业结构调整和增长方式转变，依靠国内需求和国内市场的开发，依靠把庞大的居民储蓄转化为民间投资，依靠国民素质的提高和科技进步，努力解决发展中的难题。

第四，中国这条道路的根本要求，是对内方针与对外方针相统一，对内和谐与对外和平相统一。就是说，中国坚持走和平发展道路，既是外交，也是内政；既是对外宣示与承诺，也是自我约束与规范。

第五，中国这条道路的最深刻的根本内涵，就是要在21世纪上半叶，在同当代世界各种文明相交汇中，在不断弘扬自主创新精神中，实现中华文明的复兴。

二、“中国梦”：实现中华民族的伟大复兴

新加坡内阁资政李光耀去年在博鳌亚洲论坛圆桌会议上说过这样一段话：“中国的和平崛起不会给任何国家造成威胁，而是要用其富有活力的、高尚的民族文化，去点燃人类文明之光。”在郑必坚看来，这段话十分清醒地理解了中国坚持走和平发展道路的最深刻的根本内涵。而要从理论和实践的结合上真正认清这一点，就有必要在当代“中国学”的研究中，致力于研究同中华民族伟大复兴紧密相连的13亿到15亿中国人的“中国梦”。

去年11月，在“三边委员会”亚太区会议的演讲中，郑必坚提出，中国的和平发展所做的只是基于中国国情、解决中国问题的“中国梦”，而绝不是别的什么梦。比如在能源消耗上，我们就做不起人均年消费石油25桶的“美国梦”，中国在人均年消费石油不到1.5桶的情况下，还在强调“十一五”期间即到2010年要把单位国内生产总值的能源消耗降低20%。又比如，在人口流动上，我们也不会做那种在近代以来历史上曾经以6000多万人口向海外移民、到处建立殖民地来实现自身发展的“欧洲梦”，我们只是脚踏实地地在自己的国土上，依靠自己的力量去解决自身庞大的农村人口转移问题。又比如，在增强综合国力上，我们也决不做“苏联梦”，勃列日涅夫时期的苏联一股劲地搞军备竞赛、对外“输出革命”，而我们只输出电脑，不输出革命。

在本届“世界中国学”论坛上，郑必坚又一次强调了这一“中国梦”——13亿中国人的这种“中国梦”，从根本上说是同近代以来中华民族的多灾多难直接相关的。我们深知强权之可恶，和平之可贵。所以一要维护国家主权和领土完整，二要用和平的方式、文明的方式实现国家发展和现代化，这两大历史性追求就成为一个半世纪以来几代中国人不懈奋斗的最深层动力和最崇高目标。

郑必坚进一步指出：这样的“中国梦”决定了中国的和平发展，是要用文明的理念、文明的方式、文明的手段、文明的形象去实现文明的复兴。

所谓文明的理念，就是毛泽东同志在20世纪50年代说过的，“中国会变成大强国而又使人可亲”；就是中国改革开放总设计师邓小平1992年南方谈话中所强调的，“社会主义中国应该用实践向世界表明，中国反对霸权主义、强权政治，永不称霸。中国是维护世界和平的坚定力量”。中国的和平发展，是以当代中国发展了的马克思主义为指导的。当代中国快速发展的出发点和归宿就是基于这种文明的理念、文明的目的。

所谓文明的方式，就是当代中国要以符合现代文明的方式来解决中国现代化所面临的众多难题和应对种种挑战。中国的和平发展进程始终面临三大挑战：资源特别是能源短缺的挑战，环境特别是生态环境恶化的挑战，经济和社会发展中一系列两难问题的挑战。解决这些问题，要求我们坚持以人为本，全面、协调、可持续发展的科学发展观；坚持以经济建设为中心，全面推进经济和社会建设，更加积极主动地正视矛盾、化解矛盾，最大限度地增加和谐因素，最大限度地减少不和谐因素；归根到底，要求我们全民族文明素质的大大提升，这样才能够真正以文明的方式去正确应对挑战，构建好中国的社会主义和谐社会。

所谓文明的手段，就是在经济全球化的世界环境中，中国坚持走改革开放的道路，通过生产要素的市场化流动这一文明的手段，去获得中国现代化建设所需要的资金、技术、资源、能源和人才，而绝不学那种通过发动大战去掠夺别国资源的野蛮行径；就是坚持走科技含量高、经济效益好、资源消耗低、环境污染少、人力资源优势得到充分发挥的新型工业化道路，而绝不走那种大量消耗人类不可再生资源的旧式工业化道路。

所谓文明的形象，就是在实现中国和平发展的进程中，坚持不懈地教育干部、群众包括青年学生，要坚决防止随着国力提升而出现的心态膨胀，要不断强化同发展社会主义市场经济相适应的诚信意识，帮助他们树立起同中国和平发展相适应相匹配的新安全观、新荣辱观和新文明观，在全世界树立起“和平中国”的形象和“文明中国”的形象。

郑必坚对21世纪上半叶中国和平发展道路最深刻的根本内涵，作了这样的总结，那就是：在当代中国发展了的马克思主义指导下，创造性地继承和发展自己民族优秀文明传统的同时，积极借鉴和吸收当代世界各种文明的有益成果，在自主创新中实现包括物质文明、政治文明、精神文明、社会文明、生态文明这五大文明在内的中华文明的复兴。这个新文明的载体，就是中国特色的社会主义和谐社会。这个新文明的实质，就是以高度的自觉推进13亿至15亿中国人的国民素质的自我改造，推进中国社会生活的自我改造，推进人与自然关系的改造。这三项改造，是在坚持走新型工业化道路基础上进行的，因此合起来，也可以叫作新的“一化三改造”。

三、“中国心”：我们要积极推动建设和谐世界

要正确认识、判断和预测当代中国，特别是要科学地把握21世纪中国的根本走向，仅仅致力于研究“中国路”、“中国梦”显然还不够。在本届“世界中国学”论坛上，郑必坚还特别建议中外学者们要研究和把握“中国心”。他所说的“中国心”，意指13亿至15亿中国人的一个共同心愿——在积极构建和谐中国的同时推动建设和谐世界。

在他看来，推动建设和谐世界，是我们坚持走和平发展道路的必然要求，也是我们实现和平发展的重要条件。中国要走和平发展道路，需要和谐的对外关系和稳定的外部环境，只有在相对安宁的国际环境中，中国才能实现和平发展。

他还从中华文明优秀传统文明的重要价值取向和人类社会共同的价值取向的角度，畅谈了推动建设和谐世界的重大意义，以及中国为此所付出的努力。为了推动建设和谐世界，我们在政治上始终致力于同各国相互尊重、扩大共识、和谐相处；在经济上始终致力于同各国深化合作、共同发展、互利共赢；在文化上始终致力于同各国加强交流、增进了解、取长补短；在安全上始终致力于同各国加深互信、加强对话、增强合作。

目前，国际上除了所谓中国“经济威胁论”和“军事威胁论”之外，又出现了所谓的“模式威胁论”，说是由于中国发展快，中国模式对广大发展中国家有吸引力，所以这又构成了所谓“威胁”。对此，郑必坚着重指出，中国坚持走和平发展道路，推动建设和谐世界，既不对外输出革命，输出意识形态，也不输出发展道路、发展模式。中国的发展道路和发展模式只适合中国国情。他举例说，邓小平同志就多次奉劝过一些非洲国家的领导人：不要急于搞社会主义，要搞也只能搞本国特色的。对于中国的发展模式我们持同样的态度。我们致力于中国革命、建设和改革道路的中国特色，相信自己在各方面所创造的中国特色是具有强大生命力的。同时，我们又坚信和尊重人类发展的差异性和文明的多样性。我们既然一再强调走自己的路，就决不会以任何名义要求别人照搬、照套我们的发展道路、发展模式，这也叫作：己所不欲，勿施于人。

本报记者　[illegible]

图2-20　文汇报2006年9月22日　郑必坚在第二届世界中国学论坛上的观点综述

一个半世纪以来几代中国人不懈奋斗的最深层动力和最崇高目标。这样的"中国梦"决定了，中国的和平发展是要用文明的理念、文明的方式、文明的手段、文明的形象去实现文明的复兴。要正确认识、判断和预测当代中国，特别是要科学地把握21世纪中国的根本走向，仅仅致力于研究"中国路"、"中国梦"显然还不够，还要研究和把握"中国心"。所谓"中国心"，就是13亿至15亿中国人的一个共同心愿——在积极构建和谐中国的同时推动建设和谐世界。推动建设和谐世界，是我们坚持走和平发展道路的必然要求，也是我们实现和平发展的重要条件。中国要走和平发展道路，需要和谐的对外关系和稳定的外部环境，只有在相对安宁的国际环境中，中国才能实现和平发展。

郑必坚在讲演中还着重强调：

> 中国坚持走和平发展道路，推动建设和谐世界，既不对外输出革命，输出意识形态，也不输出发展道路、发展模式。中国的发展道路和发展模式只适合中国国情。邓小平同志就多次奉劝过一些非洲国家的领导人：不要急于搞社会主义，要搞也只能搞本国特色的。对于中国的发展模式

我们持同样的态度。我们致力于中国革命、建设和改革道路的中国特色,相信自己在各方面所创造的中国特色是具有强大生命力的。同时,我们又坚信和尊重人类发展的差异性和文明的多样性。我们既然一再强调走自己的路,就决不会以任何名义要求别人照搬、照套我们的发展道路、发展模式,这也叫作:己所不欲,勿施于人。

这篇重要讲演,用"中国路"、"中国梦"和"中国心"三个富有意象的关键词,全面勾勒了中国发展道路的独特性,赢得了参加第二届世界中国学论坛的中外嘉宾的热议和社会舆论的广泛关注。

《当前经济社会发展中某些深层次矛盾和社会主义初级阶段的"双重使命"》一文,是郑必坚在2008年撰写的一篇极其重要的理论文章。为了总结改革开放三十年的历史经验,郑必坚撰写了《关于改革开放三十年根本历史经验的若干思考》的长篇理论文章,并分成《改革开放三十年的根本历史经验是解放思想、解放生产力》、《我们今天继续解放思想的中心课题仍然必须是"解放生产力"》、《当前经济社会发展中某些深层次矛盾和社会主义初级阶段的"双重使命"》

和《"天下大势"和中国改革开放三十年的历史地位》四个部分，分别交给人民日报、《求是》杂志、光明日报和文汇报发表，由此也可以看出文汇报在作者心中的地位。

图 2-21 文汇报 2008 年 10 月 20 日 郑必坚文章

在《当前经济社会发展中某些深层次矛盾和社会主义初级阶段的"双重使命"》一文中，郑必坚提出：改革开放进程中积累的某些深层次矛盾，特别是党内外议论较多的国有资产流失问题，城乡之间、区域之间、经济与社会之间发展不平衡问题，以及腐败现象屡禁不止问题等，日益凸显出来；面对问题，回头走老路是死路一条,搞私有化走邪路也是死路一条,只有坚定不移地走改革开放之路,坚定不移地走中国特色社会主义道路,才是唯一正路和真正出路。文章认为,我们在社会主义初级阶段所担负的使命具有某种特殊复杂性,这集中体现在两大项"双重使命":第一大项"双重使命",就是既要通过以社会主义市场经济为取向和促进公有制为主体、多种所有制经济共同发展的经济体制改革来解放生产力,又要促进社会公正,走共同富裕道路。另一大项"双重使命",就是既要继续完成发达国家早已完成的传统工业化,又要以信息化带动工业化,赶上从20世纪70年代开始且至今方兴未艾的现代科学技术新的"伟大的革命"。这篇宏论,直面改革开放进程中积累的深层次矛盾,强调坚定不移走中国特色社会主义道路才是唯一正路和真正出路,并鲜明提出了社会主义初级阶段的两大"双重使命"。认真研读这篇宏论,我们不难发现,这些理论思考即使放在庆祝改革开放四十年的今天,依然具有很强的现实意义和全局意义。

2. 龚育之与文汇报

与郑必坚相类似,龚育之是改革开放后党内另一位重要理论家，曾先后担任过中共中央党校副校长、中央文献研究室副主任、中共中央宣传部副部长、中央党史研究室常务副主任等重要领导职务，先后参与过《毛泽东选集》和《邓小平文选》的编辑工作，参与了党的十一大至十六大的文件起草工作。从20世纪80年代一直到他一生的最后几年，龚育之曾经有十多篇重要理论文章在文汇报发表。

早在1988年6月2日，龚育之就在文汇报发表了题为《思想解放的新起点》的长篇理论文章。文章认为，五四运动、延安整风以及真理标准讨论和十一届三中全会的思想解放运动，并称为三次伟大的思想解放运动；中国近、现代史上的这三次伟大的思想解放运动是有联系的。作为前两次思想解放运动的五四运动和延安整风具有伟大意义，也有不足之处。党内的教条主义是对五四思想解放的反动，同时也是五四消极方面的继承；个人崇拜的发展是对延安整风可能隐藏着的消极因素的发展。真理标准讨论和十一届三中全会以来的思想解放是一个新起点、新阶段，它进入了更深的层次，取得了更多的理论成果，有了更明确的标准。思想解放的落脚点是解放生产力。现在，不仅在讨论社会主义体制中各种具体办法的优劣的时候，要讲"猫论",讲生产力标准,而且从历史的长过程来讲,社会主义和资本主义谁优谁劣,也要讲"猫论",靠生产力最终的发展来检验。文章还首次披露了1956年冬至1957年春毛泽东、刘少奇、周恩来的三个讲话材料,说明当时在放开一些私人企业方面,中央几位领导人思路是一致的,是从实际出发的。但这些新的思想和政策以后又夭折了。作者认为:总结这段曲折经历,对于我们今后怎样把思想解放的成果巩固下来,使它成长、开花、结果,是有历史借鉴作用的。作者提出,解放思想是无终点、无止境的。但是解放思想又有阶段性,一个阶段有一个阶段的历史任务和要求。从阶段性上划分,从解放思想的历史内容上划分,每个阶段又有自己的起点。

邓小平南方谈话发表后,龚育之于1992年4月15日在文汇报发表了《解放思想,解放生产力——学习邓小平同志重要谈话》一文,从姓"社"姓"资"问题、计划经济和市场经济、改革是又一场革命等方面,阐释了邓小平南方谈话。

随后的1993年6月23日,文汇报又以头版并转理论版的方式刊发了龚育之的长篇理论文章《线索和阶段——邓小平建设有中国特色的社会主义理论形成

图 2-22 文汇报 1992 年 4 月 15 日 龚育之文章

图 2-23 文汇报 1992 年 4 月 15 日 龚育之文章（续）

和发展的几个问题》。文章认为，从十一届三中全会到党的十四大，是邓小平建设有中国特色的社会主义理论从起步到逐步展开再到成熟的一个完整的历史阶段，以南方谈话为灵魂的党的十四大报告，使用了"邓小平同志建设有中国特色的社会主义的理论"这个提法，提出了用这个理论来武装全党的战略任务,标志着这个理论的成熟。文章还从邓小平的九次重要谈话中,勾勒了建设有中国特色的社会主义理论的主要组成部分——邓小平的社会主义市场经济论的发展脉络。

同年的11月24日,龚育之在文汇报发表了《中国的发展离不开世界——读新一卷〈邓小平文选〉的笔记》,系统梳理了邓小平有关开放的系列观点,这些观点包括:

> 关于和平和发展是当代世界主题,世界战争危险仍然存在但可望至少在本世纪内不再发生,尽管国际局势发生剧变,我们对国际问题的这些提法还是站得住的观点;
>
> 关于国际上旧的格局已经改变,新的格局还没有形成,一个冷战结束了,另外两个冷战(一个针对第三世界,一个针对社会主义)已经开始,新的霸权主义、强权政治维持不久,少数国家垄断一切不能解决问题的观点;
>
> 关于要从人类的角度来看发展问题,中国、印度这样的国家如果没有发展起来,就谈不到下世纪是"亚太世纪"的观点;

关于科学技术已成为第一生产力，世界科技发展日新月异，下世纪是高科技世纪，在高科技领域的激烈国际竞争中我国必须占一席之地的观点；

关于坚持一个方针：同俄国继续打交道、搞好关系，同美国继续打交道、搞好关系，同样跟日本、欧洲国家也搞好关系的观点；

关于国与国之间的关系，着眼于自身长远的战略利益，也尊重对方的利益，不计较历史恩怨，不计较社会制度和意识形态差别的观点；

关于中国永远站在第三世界一边，中国永远不称霸，中国也永远不当头的观点；

关于世界上矛盾多得很，我们可利用的矛盾存在着，对我们有利的条件存在着，机遇存在着，问题是要善于把握的观点；

关于国际舆论压我们，我们泰然处之，不怕威吓，不受挑动，好好地把自己的事情搞好的观点；

关于我们不在乎别人说我们什么，真正在乎的是有一个好的环境来发展自己的观点；

关于别人的事情我们管不了，只讲一个道理：中国的社会主义是变不了的观点；

关于冷静观察，稳住阵脚，沉着应付，埋头

实干,做好一件事,我们自己的事的观点。等等。

从上述系列观点中,作者提炼出了邓小平关于开放的思想成就,那就是:中国的发展离不开世界,中国在世界上要善于自处。不做附庸,也不搞霸权;不示弱,也不逞强;不怕谁,也不想得罪谁;不高估自己,也不贬低自己;过头的话不讲,过头的事不做;广交朋友,又心中有数;决不当头,又有所作为;同某些国家的关系难免不时出现事端,发生起伏和冷热,但这是政治上的态度,至于开放政策那是不变的。坚持独立自主,自力更生,又坚持面向世界,对外开放,尽可能利用外部世界对我们有利有用的一切条件和因素来尽快地发展我们自己,这就是中国在世界上的自处之道。这些深刻洞见,确保了中国这艘航船在面对国际上的各种风浪时能够始终平稳地向前航行。

1995年2月25日,文汇报发表了龚育之的《温故而知新——学习〈邓小平文选〉第一卷论党的建设》一文。文章认为,邓小平同志一直非常重视党的领导和党的建设,重视对这方面问题的理论阐发,这不仅因为他一直担任党的领导工作,根本上是因为这个问题在我们党的全部事业中所占据的关键地位和决定性作用。正如邓小平在一次谈话中所指出的："一个国家的革命，核心问题是党。有了一个好党才能引导革命走向胜利。革命胜利后，搞社会主义也要靠一个好党，否则胜利就靠不住。"

1995年9月30日，文汇报发表了龚育之的《马克思主义与科学精神是共命运的——在"捍卫科学尊严"研讨会上的发言》，体现了这位在自然辩证法研究领域卓有成就的理论大家高举科学的旗帜，反对迷信，反对反科学、反理性的神秘主义的理论姿态和现实勇气。

图2-24 文汇报1995年9月30日 龚育之文章

文章认为:

> 迷信愚昧活动是历史久远的世界性现象,伪科学也是世界性的现象。同这类现象作斗争,是一个长期的世界性的任务。我们中国是社会主义国家,是为实现现代化而奋斗的国家,自然应该把这个斗争摆在精神文明建设的重要日程上,长期地、坚持不懈地进行下去。

《独特的超越——邓小平时代的中国对毛泽东时代的中国》(2004年8月16日)一文,是龚育之发表在文汇报上的一篇极有分量的重头理论文章。当年8月22日是邓小平同志一百周年诞辰纪念日,笔者专程去北京登门拜访了龚育之先生,独家约请他撰写了这篇长文并以整版篇幅予以刊发。

这篇文章以恢宏的气势,全面分析了邓小平时代的中国和毛泽东时代的中国的相互关系,用"始于毛"、"成于邓"这样通俗易懂且言简意赅的断语,深刻阐明了中国特色社会主义的渊源流变和发展超越,对于加深人们对邓小平理论和中国特色社会主义的理解,起到了重要推动作用。文章一开始,就提出了不

图 2-25 文汇报 2004 年 8 月 16 日 龚育之文章

容历史回避的一个严肃命题：

一九七七年七月，邓小平在党的十届三中全会上复出，重新担任他在一九七六年四月天安门事件的时候被撤销的全部职务。这是他"三落三起"的传奇人生中第三次升起。由此,毛泽东时代的中国,逐渐过渡到邓小平时代的中国。

邓的升起,是不是意味着"非毛"?这个问题在国际上、在国人中,一时成为议论的一个中心。

直面邓小平时代是否"非毛"这样一个极其敏感的问题,龚育之凭借其深厚的党史功底、对毛泽东和邓小平著作的超常熟谙以及自身非凡的理论洞察力,勾勒了邓小平时代与毛泽东时代的内在关系,提出邓小平时代的中国是对毛泽东时代的中国的"独特的超越":

> 在长期的狂热的个人崇拜形成的令人窒息的沉重气氛下,挺身而出,敢于正视毛泽东晚年的错误,敢于纠正毛泽东晚年的错误,鲜明地表现出了邓小平大无畏的政治勇气和政治胆略。这是一个方面。另一个方面,在纠正个人崇拜和毛泽东晚年错误有可能引申开去动摇、否定整个中国革命历史的形势下,挺身而出,敢于维护毛泽东的历史地位,敢于维护毛泽东思想的指导作用,同样鲜明地表现出了邓小平大无畏的政治勇气和政治胆略。
>
> 这两个方面的结合,即纠正和继承的结合,

构成了邓小平时代的中国对毛泽东时代的中国的独特的超越。

从形成关于社会主义的一系列新观念而言，邓小平时代的中国对毛泽东时代的中国的超越，就不只是纠正和继承两个方面的结合，而且出现了第三个重大因素——创造性发展。这样三个方面或三个因素的结合，是独特的超越的另一层、更深层的含义。

正是因为纠正、继承和创造性发展三者的结合，才可以论定中国特色社会主义是"始于毛"、"成于邓"。所谓"始于毛"意味着：

> 中国特色社会主义论，是邓小平时代的中国的伟大创造，追溯它的起源，当然还要溯源到毛泽东那里，这就是人们所说的"始于毛"。标志就是毛泽东发表的《论十大关系》。

而所谓"成于邓"则意味着：

> 邓小平时代的中国，接续毛泽东一九五六年

开始的探索,继承了毛泽东的探索的科学成果,又纠正和总结了毛泽东的探索的失败和教训,并且放眼世界,研究其他国家现代化发展的经验,真正开始找到了一条适合中国情况的建设社会主义的路线,创造性地提出和发展了一整套建设有中国特色的社会主义的理论和路线。这就是人们所说的"成于邓"。

今人论及"邓小平时代",往往会拿美国学者傅高义的《邓小平时代》一书来参考、来说事;其实,论史料的翔实、论断的恰切、对毛泽东时代和邓小平时代的熟谙程度,龚育之的论著要远胜过傅高义。从纪念邓小平同志一百周年诞辰的《独特的超越》一文中,我们就可以感受到这种优胜。

龚育之对文汇报理论学术版的支持,深受文汇报社同人的感激。龚育之2007年6月12日在北京去世,文汇报几乎在第一时间(2007年7月2日)以整版"论苑"的篇幅,刊发了《我们的事业会有光明灿烂的未来——未曾发表的龚育之访谈录》,以及石仲泉的《丹青难写是精神——痛悼师、兄、友龚育之同志》的长篇悼念文章。文汇报为"未曾发表的龚育之访谈录"

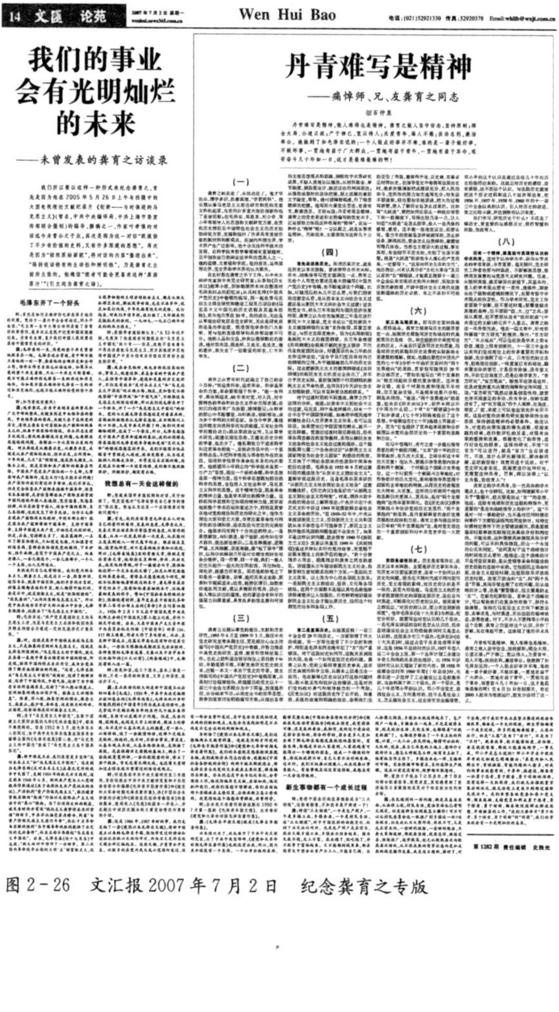

图 2-26 文汇报 2007 年 7 月 2 日 纪念龚育之专版

配发的"编者按"说:

> 我们所以要以这样一种形式来纪念龚育之,首先是因为他在2005年5月26日上午与拍摄中的大型电视理论文献纪录片《创新——与时俱进的马克思主义》(暂名,中共中央编译局、中共上海市委宣传部联合摄制)的编导、撰稿之一、作家叶孝慎的对话迄今未曾公之于众。其次是因为这一对话"既提供了不少有价值的史料,又有许多深邃的思想"。再次是因为"按照原始面貌",将对话的内容"整理出来","保持谈话特有的生动性和鲜明性",乃是龚育之生前所主张的。他确信"读者可能会更喜欢这种'原汤原汁'"(引文均为龚育之语)。

作者对报纸理论学术版的扶持,报纸对作者的感念,隆情厚谊,跃然纸上!这样的隆情厚谊,是理论学术的生命之树,一定程度上塑造了理论学术的活力和魅力。

第三章
变动秩序中的中国与世界
（2008年—2018年）

（一）在全球化深刻变动中探讨中国与世界的关系

在改革开放四十年的进程中，2008年无疑是一个特殊的年份。不仅因为中国以成功举办北京奥运会为标志、政治经济文化社会各方面的巨大成就为国际社会所瞩目，而且在于，2008年开始蔓延的全球金融危机，深刻改变了经济全球化的进程，同时也深刻改变了中国与世界的关系格局。

如何在经济全球化深刻变动的情境下更好地认识中国、更好地认识世界，成为这一时段文汇报理论学术版聚焦的重点。2011年10月，在文汇报时任总编辑徐炯满怀热忱的直接推动下，大型理论学术周刊"文汇学人"正式推出，大大丰富了文汇报的理论学术含量。

1. 外国知名学者论中国与世界

进入 21 世纪初,中国的快速发展带来了中国与国际社会关系的深刻调整,引发国际社会越来越多的关注,有越来越多的外国知名学者对中国问题给予不同的分析和阐释。其中,美国高盛公司高级顾问乔舒亚·库珀·雷默发表的"北京共识"引发国际舆论热议,是国际社会研究中国问题的最大关注点之一。

在提出"北京共识"概念并引发学界与舆论界广泛关注和热烈讨论之后,这位美国智库的中国问题专家又出版了《淡色中国》一书,对中国的国家形象传播提出了自己的独到看法。针对《淡色中国》一书提出的观点,文汇报以《国家形象塑造不可能一蹴而就》为题发表了记者对雷默的独家访谈。① 雷默在访谈中坦承,西方世界的人们对中国的理解并不充分,最大的问题在于他们不仅仅不理解中国,而且还不信任中国;作为发展中国家,中国的国家形象也在持续变化;我们不能通过推销产品的方式来塑造国家形象,要想给别国留下良好印象,最强有力的办法就是保持开放

---

① 参见乔舒亚·库珀·雷默、田晓玲:《国家形象塑造不可能一蹴而就》,文汇报,2011 年 6 月 13 日。

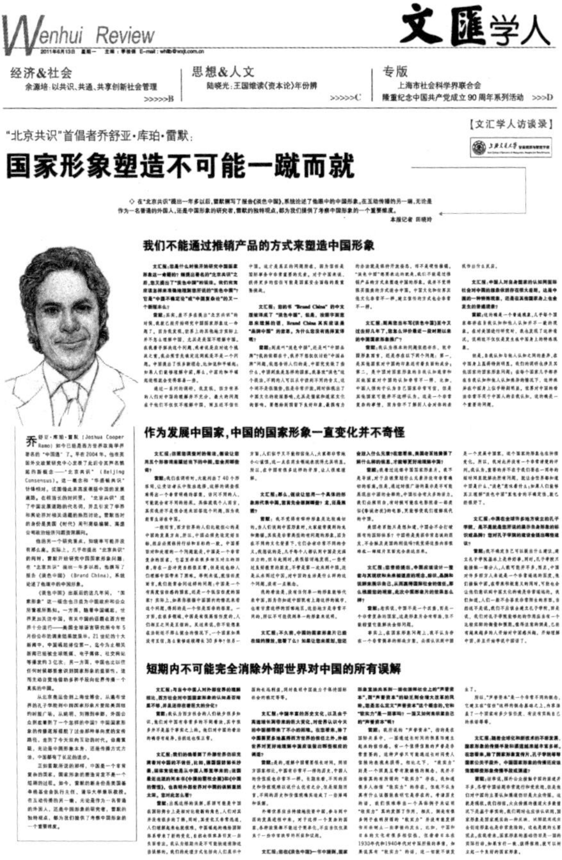

Wenhui Review 文匯学人

2011年6月13日 星期一 E-mail：whlb@wxjt.com.cn

经济&社会
余源培：以共识、共通、共享创新社会管理 >>>>>B

思想&人文
陆晓光：王国维读《资本论》年份辨 >>>>>C

专版
上海市社会科学界联合会
隆重纪念中国共产党成立90周年系列活动 >>>D

【文汇学人访谈录】

“北京共识”首倡者乔舒亚·库珀·雷默：

国家形象塑造不可能一蹴而就

◇ 在“北京共识”提出一年多以后，雷默撰写了报告《淡色中国》，系统论述了他眼中的中国形象。在互动传播的另一端，无论是作为一名普通的外国人，还是中国形象的研究者，雷默的独特观点，都为我们提供了考察中国形象的一个重要维度。

本报记者 田晓玲

我们不能通过推销产品的方式来塑造中国形象

作为发展中国家，中国的国家形象一直变化并不奇怪

短期内不可能完全消除外部世界对中国的所有误解

图 3-1 文汇报 2011 年 6 月 13 日 乔舒亚·库珀·雷默访谈

姿态，而不是硬性推销。他想通过《淡色中国》一书来告诉人们，中国究竟做了些什么，中国到底是怎样的国家。他更喜欢"淡色中国"（Brand China）的译法，因为不同的人可以从中读出不同的含义。"淡色"这个词不是很强势，但非常开放，同时体现了中国文化的较深影响，尤其是儒家和道家文化的影响。雷默还提出，当人们谈到中国形象时，经常提到的龙和熊猫，其实是非常典型的有问题的形象，因为在不同的文化背景下，它们会有非常不同的含义。没有任何单一的形象能够代表中国，因为中国既有上海这样的城市，也有甘肃这样的西部地区，这些地方是非常不同的，仅仅通过纽约时代广场的形象片展示是不可能展现中国的全貌的。同西方国家相比，中国有非常不一样的历史，中国人的价值观也非常不一样，理解中国需要很长时间。

客观而言，雷默的独特观点，为我们提供了考察中国形象的一个重要维度，尤其是"我们不能通过推销产品的方式来塑造国家形象"，"要给别国留下良好印象，最强有力的办法就是保持开放姿态"的忠告，对于迅速发展的中国而言有着十分有益的借鉴意义。

事实上，当越来越多的西方学者对"中国模式"、中国道路或中国发展成就抱持客观而又肯定的态度时,这种情形很大程度上有利于我们更好地理解中国以及中国与世界的关系。其中,英国学者马丁·雅克就是一个典型案例。2009年,马丁·雅克凭借《当中国统治世界》一书蜚声国际学界,文汇报几乎在第一时间就对马丁·雅克做了独家专访。这也差不多是中文报纸当中对马丁·雅克所做的最早访谈。

在这篇题为《中国崛起,全世界都充满好奇》①的访谈中,马丁·雅克认为,西方对于中国的看法非常不稳定,其原因在于,西方社会并不理解中国,并没有以接纳性的态度来努力理解中国,而只是站在自己的角度,换句话说,只是以西方人思维的局限性来理解中国;中国不仅是"民族国家",更是"文明国家",应当结合中国独特的历史、文化背景来理解中国的发展成就,这样才能真正认识中国作为"多元化的现代性模式"的世界意义。马丁·雅克是"中国模式"的热情拥抱者,他能以西方学者的独特眼光来发现和审视"中国模式"的特殊价值,在西方学界并不算罕见,只不过大多数人的立场远不如马丁·雅克这样执着而坚定。

---

① 参见马丁·雅克、田晓玲:《中国崛起,全世界都充满好奇》,文汇报,2010年2月8日。

图 3-2　文汇报 2010 年 2 月 8 日　马丁·雅克访谈

美国彼得森国际经济研究所的资深研究员阿文德·萨勃拉曼尼亚是美国《外交政策》杂志评选出来的"2011年全世界最出色的100名思想家之一"。他在自己的著作《大预测：未来20年，中国怎么样，美国又如何?》[1]中，凭借经济学家的分析功底做出大胆预测：2030年，以购买力平价衡量，中国将占世界GDP

---

[1] 中译本参见阿文德·萨勃拉曼尼亚：《大预测：未来20年，中国怎么样，美国又如何?》，倪颖、曹槟译，北京：中信出版社，2012年版。

的接近四分之一,而美国只占12%;2030年,中国的贸易额将会是美国的两倍;中国的主导地位在未来20年间会很明显,能与处于帝国时期的英国或二战后的美国相媲美。作为美国著名智库的重要成员,萨勃拉曼尼亚的预测无疑是大胆的、夺人眼球的。

在该书中文版出版之后不久,文汇报就借萨勃拉曼尼亚来复旦大学讲学之机对他做了独家专访。在题为《中国,"早熟的超级力量"及其国际角色》[①]的访谈中,萨勃拉曼尼亚明确断言:中国经济的持续发展是可能的,只要人们的收入快速增加,中国在再平衡的过程中就会有足够的消费来支撑经济发展。英美两国成为超级力量时,都是世界上最富有的国家,而对于中国而言,即使2030年其经济总量达到世界第一了,它仍旧是一个贫穷国家,人民的生活水平还不到美国人的一半,所以,他将中国称为"早熟的超级力量"。他对中国的乐观预测是从历史比较中获得的;中国经济能够获得可持续发展;任何全球协议如果不把中国这样的强大力量包括在内就是没有意义的;中国应该在国际组织的运转中扮演更重要的角色。

---

① 参见阿文德·萨勃拉曼尼亚、田晓玲:《中国,"早熟的超级力量"及其国际角色》,文汇报,2012年7月16日。

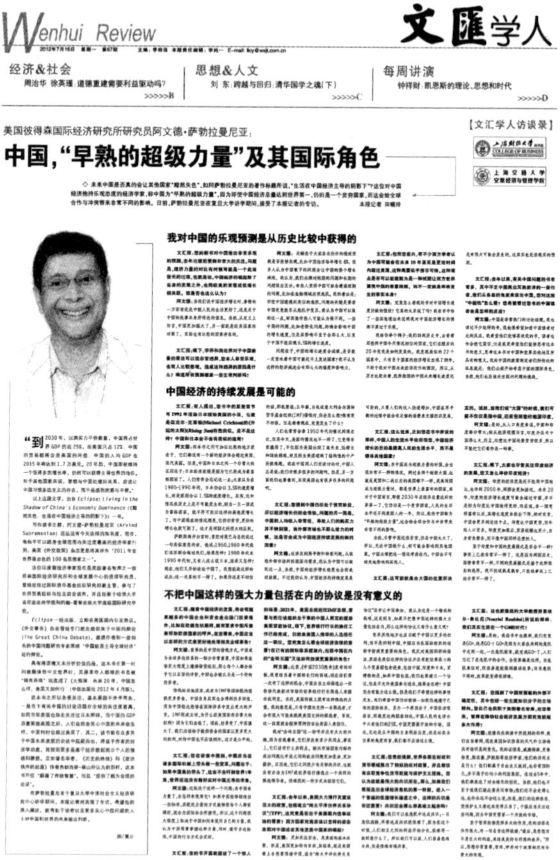

图 3-3 文汇报 2012 年 7 月 16 日 阿文德·萨勃拉曼尼亚访谈

美国哈佛大学费正清东亚研究中心前主任傅高义（Ezra F. Vogel）是一位资深的中国学学者，曾经获得世界中国学论坛颁发的"世界中国学贡献奖"，他的《邓小平时代》一书出版后受到学界广泛关注。2012年11月，在参加完复旦大学发展研究院主办的"改革创造新格局"论坛后，傅高义接受了文汇报记者的专访。

在题为《作为受人尊敬的大国，中国应该更加自信》[①]的访谈中，傅高义直率地指出：中国已然崛起成为世界第二大经济体，一个受人尊敬的大国，它在处理国际关系上应该更加自信；"韬光养晦"仍然适合中国的和平发展，适合当时世界的需要。对于当时的中国而言，即使改革有风险，也的确需要通过更多的改革来解决相关问题了。在傅高义看来，从美国的立场来说，如果中国改革取得成功，也符合美国的利益，那样的话，美国也满意，而且也容易与中国交往。所以，他认为美国的立场与中国的立场基本上是一致的。中国经济继续发展、社会安定、把腐败问题解决得更好一点，不但对中国有好处，对外国也有好处。

---

① 参见傅高义、杨逸淇：《作为受人尊敬的大国，中国应该更加自信》，文汇报，2012年11月19日。

图 3-4 文汇报 2012 年 11 月 19 日 傅高义访谈

杜赞奇是印度裔新加坡国立大学教授,师从著名汉学家孔飞力,重点研究社会发展、民族主义与帝国主义的关系问题,被认为是继费正清、孔飞力等人之后国外汉学界的第三代代表人物之一。在题为《我们现在更需要一个彼此依赖的世界》①的访谈中,这位著名汉学家针对当时全球金融危机给全球化带来的诸种新变化发表了自己的看法,认为当时的全球化并不存在什么问题。在杜赞奇看来,当时的全球化出现了一个明显的现象,就是全球化的基调已经改变,以中国为代表的亚洲社会有越来越强的力量来支配全球化进程,类似印度和巴西这样的人口大国也有能力去塑造全球化进程了。贸易保护主义趋势的存在并不意味着它就是主导性的变化,主导性的变化应当是亚洲的崛起,当然还包括其他"金砖国家",但主要是在亚洲,对于这些亚洲经济体而言,它们需要全球化的世界,因为其资源、财富和市场都需要在全球范围配置。

在这位印度裔汉学家看来,中国和印度两国有很多截然不同的维度,他所力图推进的问题研究,就是

---

① 参见杜赞奇、田晓玲、祁涛:《我们现在更需要一个彼此依赖的世界》,文汇报,2012年5月28日。

中国如何看印度、印度如何看中国的问题,这些问题是现代性社会学的一部分。人们总是习惯于用西方的方式来研究一个国家,人们所使用的社会的、经济的、政治的概念都是来源于西方经验的一些概念;中印两国应当推进彼此之间的直接了解,发展出一些新的概念,亚洲其他国家也应当如此。

迈克尔·桑德尔是当代西方社群主义最著名的代表人物之一,他在哈佛大学开设的本科生通识课程"公正"成了哈佛校园最受学生欢迎的课程,他的《公正:该如何做是好?》一书出版后被翻译成多国语言,畅销全球,桑德尔本人也成为广受追捧的学术明星。2011年5月,在《公正:该如何做是好?》一书的中文版出版之后,桑德尔把他的哈佛公开课搬到了复旦大学,以标志性的"苏格拉底问答法"授课方式给中国的大学生们上了一堂有关"公正"的公开课。公开课的次日,桑德尔在上海外滩的半岛酒店接受了文汇报记者的独家采访。

在这篇题为《市场本身是工具,而不是价值》[①] 的访谈中,桑德尔深刻地揭示出:"在创造繁荣的努力中,

---

① 参见迈克尔·桑德尔、田晓玲、李纯一:《市场本身是工具,而不是价值》,文汇报,2011年5月30日。

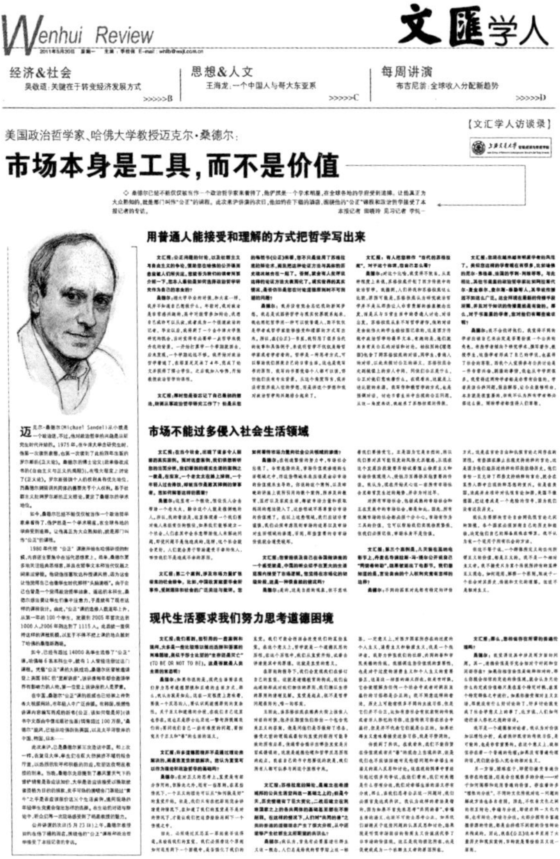

Wenhui Review

文匯学人

2011年5月30日 星期一 主编：李桂兰 E-mail：whlb@wxjt.com.cn

经济&社会 吴敬琏：关键在于转变经济发展方式 >>>>>B

思想&人文 王海龙：一个中国人与哥大东亚系 >>>>>C

每周讲演 布吉尼翁：全球收入分配新趋势 >>>>>D

【文汇学人访谈录】

美国政治哲学家、哈佛大学教授迈克尔·桑德尔：

市场本身是工具，而不是价值

◇ 桑德尔已经不能仅仅被当作一个政治哲学家来看待了，他俨然是一个学术明星，在全球各地的学府受到追捧。让他真正为大众熟知的，就是那门叫作“公正”的课程。此次来沪讲演的次日，他如约在下榻的酒店，围绕他的“公正”课程和政治哲学接受了本报记者的专访。

本报记者 田晓玲 见习记者 李纨一

用普通人能接受和理解的方式把哲学写出来

市场不能过多侵入社会生活领域

现代生活要求我们努力思考道德困境

图 3-5 文汇报 2011 年 5 月 30 日 桑德尔访谈

市场社会出现了。非常危险的是,市场价值观渗透到生活领域之中,而这些领域本来应该是由非市场的价值观来主导的。……教育、医疗以及家庭生活,都被市场力量和获取利润的想法侵入了,这些领域不再尊重非市场的价值观了。在以上这些领域,我们应该非常谨慎,我们必须考虑限制市场的边界以及市场对生活领域的渗透,否则,那些重要的非市场价值就会遭受破坏。"对于市场经济处于高度发展期的中国以及市场经济因为全球金融危机而遭受挫折的世界而言,桑德尔有关市场本身是工具而不是价值的提示,不啻是一帖理性清醒的药方。

2. 中国本土学者论中国与世界

在学界讨论中国发展道路以及中国与世界关系的热烈氛围中,中国本土学者的话语权不应该旁落。事实上,在雷默提出"北京共识"后不久,文汇报几乎在第一时间发表了中央编译局时任副局长俞可平研究员的讲演稿①。这篇讲演稿清醒地提出:

---

① 参见俞可平:《"中国模式":经验与鉴戒——俞可平研究员在"中国发展道路国际学术研讨会"上的讲演》,文汇报,2005年9月4日。

"中国模式"正在形成之中,还没有完全定型。它的一些典型特征开始初露端倪,但尚未充分展露;中国为了应对全球化挑战,既取得了弥足珍贵的经验,也付出了相当代价。"中国模式"的成功在于:发展中国家应当根据自己的国情,主动积极地参与全球化进程,同时始终保持自己的特色和自主性;正确处理改革、发展与稳定的关系;坚持市场导向的经济改革,同时辅之以强有力的政府调控;推行增量的经济与政治改革,以渐进改革为主要发展策略,同时进行必要的突破性改革。

俞可平同时指出,"中国模式"作为对全球化挑战的应对,在未来的发展中应当包括以下战略选择:以经济发展为核心,追求社会和自然的协调发展和可持续发展;必须把效率和公平放在同等重要的地位,追求人与人、地区与地区、城市与乡村之间的平衡发展;在全面推行经济改革和社会改革的同时,适时进行以民主治理和善政为目标的政府自身改革和治理改革;政府在全球化时代要对公民承担更大的责任。俞可平在讲演稿中还特别提到,一个国家在全球化背景下能否成功地达成社会现代化的目标,关键一点就是政府驾驭全球化的能力;中国现代化战略之所以成功,一个重要因素就是政府拥有较强的驾驭全球化的能力。这一判断,对身处全球化深刻变动之中的中国而言,显得尤其珍贵。

图 3-6 文汇报 2005 年 9 月 4 日 俞可平讲演

在中国本土，同样有越来越多的学者加入了对"中国模式"的深入讨论，包括王绍光、姚洋、潘维、陈平、张军、黄平、崔之元、张维为、史正富、萧功秦、曹锦清、韩毓海等。

2005年7月3日，文汇报以整版篇幅发表了张军的讲演稿。在这篇题为《中国经济发展：为增长而竞争》的讲演中，张军提出，二十多年来尤其是过去十多年来，中国庞大的经济身躯已经被地方分散的决策模式和地方"为增长而竞争"的考量体制推上了增长的快车道，我们需要变化，需要改变落后的面貌，需要让更多的剩余劳动力变成就业人口，从而获得收入的增加，需要开放和进一步开放，因为我们需要分享更大的世界市场，需要更多生产性的资本和资源来帮助激活与支持我们的经济发展：

> 在地方间展开的古典式竞争不仅是一种力量，而且竞争节省信息和执行成本，简化对制度的过高要求。在这样的竞争格局中，最容易改变的要素、对制度安排要求最低的要素，会最先被用于增长。因此，经济增长最先表现为最容易识别的量的变化：更多的厂房、更多的机器、更多的产

品、更多的公路和桥梁、更多的学校和大学生、更多的楼房、更多的机场以及更拥挤的城市。而对那些不太容易在短时间内改变的要素或者对制度有更严格要求的要素，变化就相对缓慢一些。例如，人口的素质和文明水平、信誉与商业伦理、科技与研发、金融制度以及创新能力等，这些代表着更高发展阶段的经济增长的能力在中国的经济增长中还没有大量地表现出来。我们的增长在现阶段上还更多地表现在更容易改变的地方和更容易看得见的"数目字"变化。重要的是，地方政府"为增长而竞争"的体制在现阶段为这个以"更多变化"表现出来的增长提供了一致的激励和动力。

要解释中国成就、阐明中国道路，完全依靠西方固有的概念模式和话语体系，显然是远远不够了。在中国经济学家中，北京大学教授林毅夫就比较早地意识到要用自身独特的话语体系来解释中国发展道路，林毅夫本人也为此做出了不懈努力。早在2007年10月31日和11月1日，作为第一位登上英国剑桥大学"马歇尔讲座"的中国经济学家，林毅夫做了题为"发展与转型：思潮、战略和自生能力"的主题讲演。在

"马歇尔讲座"正式开讲前,林毅夫把他的试讲稿交给文汇报独家刊发(2007年11月4日)。

图 3-7 文汇报 2007 年 11 月 4 日 林毅夫讲演

在这篇讲演中，林毅夫分析了为什么日本和东亚新兴工业化经济体的努力取得了巨大成功，而其他发展中国家则失败了；为什么中国和越南在转型后其经济维持了稳定，同时也非常快速地发展，而其他绝大部分社会主义国家在转型和改革后，其经济经历了滑坡、崩溃、停滞，然后再缓慢增长。在他看来，技术升级、要素禀赋约束、比较优势、企业自生能力是影响经济发展的要素，这些要素的差异是导致国穷国富的根源所在：

> 中国、越南的转型比较成功，得益于它们推行了一种渐进式、双轨制、"摸着石头过河"的转型方式。总结起来，这种转型方式有如下特征：（1）并没有推翻社会主义制度，没有所谓的"资本主义胜利论"。（2）在转型开始的时候，微观主体效率低，缺乏积极性，为提高积极性，在城市实行利润留成，让干得好的企业和个人获得更高收入；在农村打破平均主义，实行家庭联产承包责任制，让干得好的农户获得更高收入。（3）要体现干好干坏的差异，就必须给微观主体以一定自主权，提高其积极性，使其生产靠近生产可能性边界，创造新的物质资料。同时，在计划轨之

外允许市场轨出现，即推行双轨制：一方面，在价格上保持计划价格的同时，允许一部分市场价格的存在；另一方面，允许集体企业、私营企业、合资企业进入原来受抑制的轻工业部门（投资来源于国有企业、农民的剩余，他们在对剩余进行投资时自然会追求利润，因而自然会投资到产品短缺、技术符合比较优势的轻工业部门）。不过，国企和农民只有在完成政府统购统销任务配额之后才能在市场上出售产品。在这种情况下，微观主体积极性提高，微观主体控制的资源能够投资于符合比较优势的部门，因而资源配置效率逐渐提高，计划轨的比重也逐渐减小。当一个部门的绝大多数产品由市场配置时，政府可以放开价格，使之完全由市场配置。

林毅夫还认为，在发展中国家，政府是最重要的制度安排，政府由政治领导人来管理和运作，而社会思潮会影响一国的政治和经济制度安排，因此，政治领导人决策的最佳选择就是顺应当时的社会思潮。

走上"马歇尔讲座"的经济学家后来有14位获得了诺贝尔经济学奖。林毅夫的这篇讲演，已经比较清晰地勾勒出他的解释框架，明确展示了他试图摆脱西方既有概念模式和话语体系来解释中国发展道路的理论抱负和思想自觉。这些观点，也构成他后来提出的"新结构经济学"的基本分析框架。

此后的 2012 年，林毅夫在担任为期四年的世界银行首席经济学家兼负责发展经济学的高级副行长之后，回到北京大学国家发展研究院执教，更为系统地推出了他的"新结构经济学"理论，并为此接受了文汇报记者的专访。

在题为《以"新马歇尔计划"带动全球经济复兴》(2012 年 10 月 15 日）的独家访谈中，林毅夫明确提出：

> 发展中国家的学者长期有"西天取经"的想法不奇怪。现在来看，经济理论的创新是必然趋势。1995 年《经济研究》创刊 40 周年，我写了"本土化 规范化 国际化"一文，提出，中国学者用规范的方法对本土问题深入研究，将来的成果必然是国际化的，经济学的研究中心可能会转到中国来，经济学大师未来可能有很多来自中国，是来自中国本土的经济学家或者在中国工作的外国经济学家。

图 3-8 文汇报 2012 年 10 月 15 日 林毅夫访谈

在林毅夫看来,经济学研究中心向中国转移的趋势是不可逆转的,因为经济学解释的对象越重要,其理论也就越重要;中国经济现象越来越重要,为经济学研究中心向中国转移提供了条件:

> 大师级经济学家在时空上的相对集中性,同经济学属性有关。经济学理论在于用一个可以说明因果关系的简单逻辑体系来解释现象,现象越重要,理论也就越重要。什么叫大现象?发生在重要国家的现象就是大现象。社会经济变量有成千上万,对经济学家而言,往往是"近水楼台先得月",只有生活在一个经济体之中,才能真正把握其中关键的真实的社会经济变量。如果说到2030年左右中国能成为全球最大经济体,发生在中国的各种经济现象也就会越来越重要,中国的经济学家或者说在中国工作的经济学家,就能比较好地把握中国现象的本质,这样的经济学理论贡献也就越大。我相信,经济学研究中心向中国转移是不以人们意志为转移的。

林毅夫还进一步强调,"新结构经济学"的本质就

是强调结构是内生的,倡导"有效的市场"和"有为的政府"要同时并在、两者缺一不可:

> 在政府和市场关系问题上,过犹不及,不及犹过。比如,结构主义对政府的强调就过了,造成资源错误配置,发展不符合比较优势的产业,造成企业没有自生能力,因此乞求政府的各种保护补贴,导致种种扭曲和寻租,这就是过犹不及。但是另一方面,新自由主义和"华盛顿共识"是不及犹过。如果只强调市场竞争,政府不发挥因势利导的作用降低交易费用、补偿外部性,就会导致产业和技术升级非常困难。智利从1970年代开始按"华盛顿共识"进行改革,没有形成新的产业,一直走不出"中等收入陷阱"就是例子。

学术话语的转换,不可能是知识分子抢椅子的一种游戏,其背后实际上潜藏着深厚的时代背景。的确,国际金融危机的出现不仅改变了中国与西方国家的力量对比,更带动了越来越多的学者不断调整审视中国和世界的目光,更多地以中国意识来说明中国问题;林毅夫可以说是这类学者中的一个突出代表。不难发现，方法论创新和理论创新的意识，在林毅夫的"新结构经济学"中显得极其鲜明。

（二）在与国际顶尖学者的讨论中扩大话语权

前述表明，有关中国发展道路的一系列讨论，其背后实际上潜藏着不同话语体系之间的竞争，"北京共识"vs"华盛顿共识"、"文明型国家"vs"民族国家"、"新结构经济学"vs"新自由主义经济学"、"政府主导"vs"市场主导"，凡此种种，都体现出不同理论范式的差异，凸显出创新的话语体系与传统西方主流话语体系之间的紧张关系。话语权决定传播力，而传播力决定影响力。一系列的讨论和辨析在在表明，只有通过与西方主流话语展开不断的讨论并最终破除西方主流话语的"唯我独尊"，才能别开生面，形成真正符合自身发展道路的话语体系。

20世纪初叶，包括英国哲学家伯特兰·罗素、美国哲学家约翰·杜威在内的一批著名思想家来到中国讲演，他们亲身经历、亲眼观察中国社会现实，每到一处均不遗余力地传播自己的观念学说，当时的《申报》等上海主流媒体都给予了持续的关注和详尽的报道。这个经典案例，一直为文汇报社同人所感奋和钦羡。为了扩大传播力和影响力，文汇报从21世纪初开始，就在理论学术方面不断尝试变革，努力开拓创新。其中，邀请西方重要思想家来报社座谈辩论，开辟全新的理论学术版面和专栏（包括"每周讲演"版、"文汇学人访谈录"专栏、"文汇学人"周刊等），为新世纪文汇报的理论学术宣传增添了诸多亮色。①

1. 一大批思想家做客文汇报社、接受记者独家专访

大致算来，文汇报邀请西方重要思想家来报社座谈辩论，是从2001年9月法国著名思想家雅克·德里达到访开始的。当年的9月11日，德里达做客文汇报

---

① 复旦大学经济学教授张军在他的《顶级对话：理解变化中的经济世界》（上海人民出版社，2017年版）一书的前言中写道："与诺思、蒙代尔、斯泰尔和格林纳韦的对话都是文汇报负责安排进行的，对话稿也是他们的记者负责翻译整理出来的。我与诺思、蒙代尔、斯泰尔和格林纳韦都比较熟悉，有些也是多年的朋友，其中诺思和蒙代尔也是诺贝尔经济学奖获得者，伟大的经济学家。在我印象中，只有与诺思的对话是在轻松的环境里进行的……"张军所提及的与诺思在轻松的环境里进行的对话，就是诺贝尔经济学奖得主道格拉斯·诺思2002年3月在文汇报与张军所做的学术对话。

社,报社时任总编辑吴振标破天荒地身着正装迎接这位法国哲学家,德里达与沪上部分学者做了交流,并为文汇报留下赠言:"媒体责任重大,每天有待创新,我与你们共同分担命运和忧愁。"报社还安排记者周毅陪同德里达参观了上海博物馆。德里达访问上海期间,美国发生了震惊全球的"9·11"事件。在版面资源极其紧张的情况下,2001年9月12日文汇报还是以头版刊发了报社记者拍摄的德里达参观完上海博物馆后在人民广场的留影。当笔者把这份报纸递到德里达手中时,他意味深长地说:"一件美好的事情和一件丑恶的事情并置在一起了。"

9月12日,德里达在复旦大学发表讲演"Profession的未来与无条件的大学"。讲演开始前,德里达以沉重的心情说:"在我们共同度过的这个非常严重的时刻,我希望这个将我们召集起来的仪式与昨夜使我们彻夜不眠的那个令人焦灼的悲剧及那些可怖信号不是无关的,也不是无足轻重的……我相信你们也和我一样,从中看到了一种要求保持警醒的呼吁,面对一个我们尚无法预料其后果的、但却仿佛是世界的一个新阶段之始的事件,我们得继续思考发生在全球化进程中的一切。"德里达的讲演"Profession的未来与无条件的

图 3-9　文汇报 2001 年 9 月 12 日　头版版面

大学"也成为创办于 2002 年 1 月 20 日的文汇报"每周讲演"版面的开篇之作。在这篇著名讲演中,德里达提出了所谓"无条件大学"的理想:大学与所有类型的研究机构不同,它原则上(当然实际上不完全是)是真理、人的本质、人类、人的形态的历史等问题应该独立、无条件被提出的地方,即应该无条件提出不同意见的地方。这就是大学的主权,即是其精神,"无条件"就是大学的精神。①

图 3-10 文汇报 2002 年 1 月 20 日 德里达讲演

---

① 参见雅克·德里达:《Profession 的未来或无条件大学——雅克·德里达在复旦大学的讲演(节选)》,张宁译,文汇报,2002 年 1 月 20 日。

此前此后十余年间，有一大批西方著名哲学家、社会学家、经济学家、政治学家和文学家来到文汇报社，或接受独家专访，或与上海学者做讨论，其中包括美国哲学家理查德·罗蒂、文学理论家弗里德里克·詹明信，德国社会学家乌尔里希·贝克，诺贝尔经济学奖得主道格拉斯·诺思、埃里克·马斯金，诺贝尔文学奖得主帕慕克，德国哲学家阿克塞尔·霍耐特，美国政治学家弗朗西斯·福山等。每当这些著名学者来到报社之际，文汇报社都会邀请沪上相关领域的专家学者与其对谈或座谈，讨论的内容随后整理成文，在文汇报理论学术版上以显要方式刊发。这一传统，形成了新世纪文汇报理论学术版的一抹亮色。

除了邀请重要思想家来访报社外，每当一些重要思想家到访上海，文汇报社常常会派出资深记者对他们展开独家访谈，这些访谈对象包括约瑟夫·奈、杜赞奇、杰里米·里夫金、凯文·凯利、朱莉娅·克里斯蒂娃、裴宜理等，文汇报独家访谈过的诺贝尔经济学奖得主，更是有十数位之多。这些访谈集中刊发在"文汇学人访谈录"专栏中，形成了一定的规模效应；"文汇学人访谈录"也因此获得了2013年第22届上海新闻奖名专栏奖（相当于上海新闻奖一等奖）。

图 3-11 文汇报 2002 年 3 月 22 日 道格拉斯·诺斯与张军对谈

图 3-12 文汇报 2004 年 7 月 25 日　罗蒂与上海学者对话

图 3-13 文汇报 2007 年 9 月 17 日　乌尔里希·贝克与上海学者座谈

图 3-14 文汇报 2011 年 4 月 11 日 乌尔里希·贝克访谈

比如，在独家采访"软实力"概念的首倡者约瑟夫·奈时，这位美国学者向文汇报记者阐释了"软实力"的基本内涵及其招致的诸多误解。文汇报记者以

《约瑟夫·奈：请不要误解和滥用"软实力"》为题发表了独家消息（2010年12月7日），指陈了学界在"软实力"概念上的种种误解：

> 误解之一：把"软实力"这一原本在国家制度层面使用的关键词不恰当地用在地方和部门层面。我们常常看到，一些地方在提出本地区未来发展规划时，"打造地区软实力"之类的口号见诸报告或媒体。事实上，奈本人在著作中反复强调，"软实力"是一国共同的价值观所产生的吸引力，只有核心价值观和主导意识形态才能产生"软实力"的影响。
>
> 误解之二：把"软实力"同"硬实力"混淆，于是不时冒出诸如"经济软实力"之类"非驴非马"的新词。在接受本报记者采访时，奈明确表示："经济财富可以产生硬实力，也可以产生软实力。软实力不是经济，而是吸引和说服别人的力量，经济会对软实力有所贡献，但经济更多的是对提升硬实力有所帮助。"
>
> 误解之三：即使在谈论"文化软实力"时，许多人依然有把"文化产业"等同于"文化软实

力”的理解误区。在自己的著作中，奈曾经写道：“我高兴地看到，（软实力）这一术语成为公共话语，被美国国务卿、英国外交大臣、亚欧多国的政治领袖和专栏作家等广泛使用。与此同时，我深感沮丧的是，这一术语常常被误用，甚至被贬低为仅仅是可口可乐和牛仔裤的影响力。”昨天在接受采访时，奈进一步解释说：“文化影响力可能会产生软实力，但也可能没有帮助，比如，一个人可能会喝可口可乐、穿牛仔裤，但他仍旧对美国持反对的态度。所以，文化影响力能否产生软实力，取决于它是否能让一个国家更有吸引力。吸引力，意味着让别人对你的国家产生好感，这和提供一些产品让别人吃好、喝好是完全不同的两码事。”

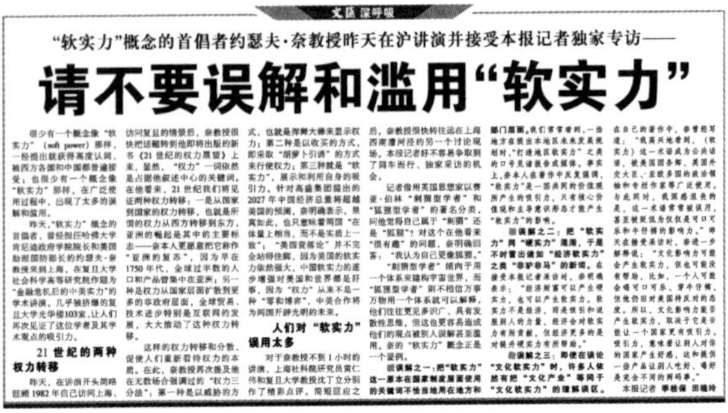
文汇深呼吸

“软实力”概念的首倡者约瑟夫·奈教授昨天在沪讲演并接受本报记者独家专访——

请不要误解和滥用“软实力”

很少有一个概念像“软实力”（soft power）那样，一经提出就获得高度认同，被西方各国和中国都普遍接受；也很少有一个概念像“软实力”那样，在广泛使用过程中，出现了太多的误解和滥用。

昨天，“软实力”概念的首倡者、曾经担任哈佛大学肯尼迪政府学院院长和美国助理国防部长的约瑟夫·奈教授来到上海，在复旦大学社会科学高等研究院作题为“金融危机后的中美实力”的学术讲演。几乎被挤爆的复旦大学光华楼103室，让人们再次见证了这位学者及其学术观点的吸引力。

21世纪的两种权力转移

昨天，在讲演开头简略回顾1982年自己访问上海、访问复旦的情景后，奈教授很快把话题转到他即将出版的新书《21世纪的权力展望》上来。显然，“权力”一词依然是占据他叙述中心的关键词。在他看来，21世纪我们将见证两种权力转移：一是从国家到国家的权力转移，也就是所谓的权力从西方转移到东方，亚洲的崛起是其中的主要标志——奈本人更愿意把它称作“亚洲的复苏”，因为早在1750年代，全球过半数的人口和产品曾集中在亚洲；另一种是权力从国家层面扩散到更多的非政府层面，全球贸易、技术进步特别是互联网的发展，大大推动了这种权力转移。

这样的权力转移和分散，促使人们重新看待权力的本质。在此，奈教授再次提及他在无数场合强调过的“权力三分法”：第一种是以威胁的方式，也就是挥舞大棒来显示权力；第二种是以收买的方式，即采取“胡萝卜引诱”的方式来行使权力；第三种就是“软实力”，展示和利用自身的吸引力。针对高盛集团提出的2027年中国经济总量将超越美国的预测，奈明确表示，果真如此，也只意味着两国“在体量上相当，而不是实质上一致”；“美国衰落论”并不完全站得住脚，因为美国的软实力依然强大，中国软实力的逐步增强对美国和世界都是好事，因为“权力”从来不是一种“零和博弈”，中美合作将为两国开辟光明的未来。

人们对“软实力”误用太多

对于奈教授不到1小时的讲演，上海社科院研究员黄仁伟和复旦大学教授沈丁立分别作了精彩点评。简短回应之后，奈教授很快转往远在上海西南漕河泾的另一个讨论现场。本报记者好不容易争取到了同车而行、独家采访的机会。

记者借用美国思想家以赛亚·伯林“刺猬型学者”和“狐狸型学者”的著名分类，问他觉得自己属于“刺猬”还是“狐狸”？对这个在他看来“很有趣”的问题，奈明确回答：“我认为自己更像狐狸。”

“刺猬型学者”倾向于用一个体系来建构宇宙世界，而“狐狸型学者”则不相信万事万物用一个体系就可以解释，他们往往更见多识广、具有发散性思维，但这也更容易造成他们的观点被别人误解甚至滥用。奈的“软实力”概念正是一个显例。

■误解之一：把“软实力”这一原本在国家制度层面使用的关键词不恰当地用在地方和部门层面。我们常常看到，一些地方在提出本地区未来发展规划时，“打造地区软实力”之类的口号见诸报告或媒体。事实上，奈本人在著作中反复强调，“软实力”是一国共同的价值观所产生的吸引力，只有核心价值观和主导意识形态才能产生“软实力”的影响。

■误解之二：把“软实力”同“硬实力”混淆，于是不时冒出诸如“经济软实力”之类“非驴非马”的新词。在接受本报记者采访时，奈明确表示：“经济财富可以产生硬实力，也可以产生软实力。软实力不是经济，而是吸引和说服别人的力量，经济会对软实力有所贡献，但经济更多的是对提升硬实力有所帮助。”

■误解之三：即使在谈论“文化软实力”时，许多人依然有把“文化产业”等同于“文化软实力”的理解误区。在自己的著作中，奈曾经写道：“我高兴地看到，（软实力）这一术语成为公共话语，被美国国务卿、英国外交大臣、亚欧多国的政治领袖和专栏作家等广泛使用。与此同时，我深感沮丧的是，这一术语常常被误用，甚至被贬低为仅仅是可口可乐和牛仔裤的影响力。”昨天在接受采访时，奈进一步解释说：“文化影响力可能会产生软实力，但也可能没有帮助，比如，一个人可能会喝可口可乐、穿牛仔裤，但他仍旧对美国持反对的态度。所以，文化影响力能否产生软实力，取决于它是否能让一个国家更有吸引力。吸引力，意味着让别人对你的国家产生好感，这和提供一些产品让别人吃好、喝好是完全不同的两码事。”

本报记者 李桂保 田晓玲

图3-15 文汇报2010年12月7日 约瑟夫·奈访谈

应当说，改革开放四十年，既是商品、市场、资本、技术的改革开放，也是观念、知识、思想的改革开放，中国既抓住了全球化的市场流动和技术迁移，同时也抓住了全球化的知识流动和理念变迁。文汇报邀约全球顶尖思想家做访谈，正是顺应了全球化的内在需求。

需要特别说明的是，文汇报对西方重要思想家的访谈，远非只是简单复述这些思想家的理论，更多时候是借助对话和讨论来展开辨析，有时甚至是激烈的批评。美国著名经济学家保罗·克鲁格曼到访中国时，文汇报就曾在头版连续发表三篇记者述评，对"克鲁格曼中国热"现象加以反思，提出批评，引起了理论界的关注。

2009年5月，诺贝尔经济学奖得主保罗·克鲁格曼来访中国，在北京、上海、广州巡回讲演。4天7场讲演，天价门票，"伟大的预言家来了"的夸张广告，以及很多次"顾左右而言他"的对话，引起了文汇报在场记者的关注。于是，5月19日—21日，文汇报连续三天在头版显要位置刊发记者的系列述评"克鲁格曼中国热的冷思考"，对"克鲁格曼热"的炒作之风提出批评，认为克鲁格曼的中国行更大程度上带有商业性的作秀成分,克鲁格曼不可能比我们自己更了解中国经济,中国经济学与中国经济发展的成就依然不相匹配;面对全球金融危机,破除唯西方话语是尊的既有思维方式、拿回中国问题话语权可谓正当其时。系列述评刊发后,获得社会各界的关注,文章因此获得上海新闻奖。

图3-16 文汇报2009年5月19日 关于克鲁格曼中国行的述评

2. 福山上海之辩

思想和理论总是在不断辨析中向前推进的。2011年6月27日,在国际学界如日中天的美国政治学者弗朗西斯·福山受文汇报之邀,来到当时的文新报业大厦2楼报告厅发表讲演,并与中国学者展开辩论,堪称又一个思想在论辩中得以推进的生动案例。

20世纪80年代末,日裔美国学者福山提出了"历史终结论",在全球学界一炮而红。在福山看来,苏联解体、东欧剧变、冷战的结束,标志着共产主义的终结,历史的发展只有一条路,即西方的市场经济和民主政治。在他看来,人类社会的发展史,就是一部"以自由民主制度为方向的人类普遍史"。自由民主制度是"人类意识形态发展的终点"和"人类最后一种统治形式"。"历史终结论"差不多在2005年前后达到了高潮,绝大多数的西方学者为西方的市场经济和民主政治而欢呼,对福山的"历史终结论"表示了高度认同。然而,随着全球金融危机的发生,以及随之而来的西方市场经济和民主政治遭遇越来越多的挫折,包括福山本人在内的西方学者,逐渐在调适自己的理论姿态、修正自己的学术观点。为此,福山先后撰写了《政治秩序的起源》《政治秩序与政治衰败》等著作,来部分地修正"历史终结论"的缺陷,提出更有解释力的新观点。近些年,福山在报纸刊物的专栏文章和媒体的一些访谈中,更是公开承认自己乐观得太早了,"历史终结"远远没有到来,甚至认为美国的政治体系出现了故障,形成了两极分化、瘫痪和由特殊利益主导的局面,对有实干精神并且能做成事的政治家的渴望也由此产生。

2010年前后福山几度到访中国所作的观察,也在很大程度上推动他对自己的观点加以修正和完善。2010年12月19日上午,福山在复旦大学做了"中国模式:历史渊源与未来前景"的主题报告之后,当时的文汇报理论部记者田晓玲第一时间等候在那里,与复旦大学社会科学高等研究院的林曦博士一起,陪同福山到上海市中心,游览豫园、逛新天地、游览黄浦江,为福山的下一次到来和可能的独家专访"暖场"。半年后的2011年6月27日,福山再一次来到上海,走上了文汇报社的"文汇讲坛",做了"变动秩序中的中国与世界"的主题讲演。在这次讲演中,福山介绍了他的新书《政治秩序的起源》中的主要观点,强调良好的政治秩序应该包含三个要素,也就是国家建设能力、完善的法治以及能够制约国家权力的问责制。福山甚至认为,中国早在秦汉时期就建立起了强大统一的国家和官僚统治体系,但是在法治和问责制方面则落后于西方。不难看出,依然固守"历史终结论"基底的福山在赞赏中国的国家建设能力的同时,也不忘对中国的法治和问责制加以指摘,以此来求得平衡。

对于福山的观点,以撰写《中国震撼》三部曲走红学界的中国学者张维为在之后的辩论中针锋相对地指出:福山所说的问责制是西方议会民主和多党执政

图 3-17 文汇报 2011 年 7 月 8 日 张维为与福山论辩"中国模式"

的问责制,这种问责制其实在当今的西方已经难以真正问责;西方智慧在消除贫困、文明冲突、气候变化、城市化弊病等挑战面前已经显得不够用了,作为"文明型国家"的中国则可以为解决人类共同的挑战提供独到的东方智慧。

这场辩论,发生在"中国模式"的坚定拥护者和"历史终结论"的始作俑者之间,实在是一种精妙的配对。福山的主题讲演以及他和张维为的辩论,从发生的时刻一直到当下,已经被引用了许许多多次,其内容的被引用率非常之高。

在这场辩论之后,福山在离沪前一天还特地在外滩的华尔道夫酒店接受了文汇报一个多小时的独家采访。这篇题为《我们可能永远无法根除恐怖主义》的长篇专访,于"9·11"事件十周年纪念日到来之前的2011年9月5日刊发在文汇报的"文汇学人"版面上——它也差不多是这位眼光敏锐的国际政治学者就"9·11"十周年的话题所发表的唯一一篇文字。

在这篇访谈中,福山认为:恐怖主义是弱者使用的武器。"9·11"并不代表一个非常大或者非常重要的历史趋势,美国对"9·11"的反应是过度的。福山坦承,"金砖国家"崛起是过去十年国际政治的唯一重

文匯学人

美国斯坦福大学弗里曼·斯伯格里国际问题研究所高级研究员弗朗西斯·福山：

我们可能永远无法根除恐怖主义

【文汇学人访谈录】

图 3-18 文汇报 2011 年 9 月 5 日 福山访谈

大变化:

我认为过去十年的国际政治中,唯一的重大变化是中国和其他"金砖国家"在全世界崛起,开始占据主要位置,从而动摇了美国、德国在柏林墙倒塌以后20年间建立起来的世界格局,使世界转向更加多极化。全球体系的权力被分配给更多数量的国家了,这是过去十年最大的故事。同时,金融危机加速了这一进程,欧美国家的经济增长非常慢,而"金砖国家"的增长非常快。其实在金融危机之前,这种权力转移就已经开始发生了。

新兴经济体的崛起,其中非常明显的就是不同模式的国家,也就是中国,作为一个中央集权的国家在经济增长方面做得非常好。中国有非常能干的政府,的确是西方模式的替代方式。我反复强调,长期的问题在于所有这些不同模式的可持续性。从短期来看,中国的模式的确做得非常成功,相反,美国政治出现了很多问题,让我们无力去解决一些显而易见的问题。

此次辩论和访谈如今又过去了很多年，在此期间，中国和世界的格局变动在进一步深化。新近撰写了《身份：尊严需求与怨恨政治》一书的福山倘若再次接受中国媒体采访的话，也许会做出诸多不同的判断。

回顾和勾勒改革开放四十多年来文汇报理论学术版的基本内容，可以使我们大致了解这张报纸的主要特色。诚如美国老一辈著名新闻教育家利昂·纳尔逊·弗林特在《报纸的良知：新闻事业的原则和问题案例讲义》一书中所指出的那样："与一个人处熟了，他很快就会暴露出自己的主要情绪、对生活的态度和处理每日工作的方法，报纸也是这样。在我们熟悉了报纸以后，我们会这样形容它的精神和调子：有活力、好斗、乐观、稳重、清澈、独裁、冷静、宽容、傲慢、平静、模糊、武断、讽刺、激烈、责难、唠叨、歇斯底里、慷慨激昂、欢快、文明、怪诞、严厉、粗暴、生动、咄咄逼人、雄心勃勃、独立、无畏、强硬、温顺、商业化、空想、实际和随和。"① 通过将近半个世

---

① 利昂·纳尔逊·弗林特：《报纸的良知：新闻事业的原则和问题案例讲义》，萧严译，北京：中国人民大学出版社，2005年版，第267页。

纪的长时段观察，基本可以看出一张报纸的智识品格和精神构成。弗林特还指出："一家报纸的智力兴趣涉猎的广度既可以反映报纸背后的一个人或一群人思想的广度，也可以反映办报人对它服务的读者的智力兴趣的广度的看法。报纸很少会对所有人有同样的感染力，它只在公众中选择特定的人群。有些报纸更倾向于满足数量相对较少的一群读者的要求，而不是一大群。"①

知识分子读者群体很多年来一直是文汇报的重点目标读者，四十多年来，文汇报理论学术版也一直在为实现这个目标而努力。国内外知名专家学者的鼎力加持，报社对反映社会进步趋势的敏锐话题的议程设置，报纸版面空间和版面语言的充分表达，共同成就了文汇报理论学术版面的特色。这也是文汇报在新时代宣称为"全国人文大报"的基础和底气所在。值得期待的是，有着将近九十年报史、走过四十多年改革开放历程的文汇报，将在"全国人文大报"的发展道路上行稳致远。

---

① 利昂·纳尔逊·弗林特：《报纸的良知：新闻事业的原则和问题案例讲义》，萧严译，北京：中国人民大学出版社，2005年版，第264页。

后 记

校读好样稿并着手写这篇后记,正好碰上 2024 年的诺贝尔经济学奖揭晓。麻省理工大学的达龙·阿西莫格鲁(Daron Acemoglu)、麻省理工大学的西蒙·约翰逊(Simon Johnson)和芝加哥大学的詹姆斯·A. 罗宾逊(James A. Robinson),这三人因为"对制度如何形成以及如何影响繁荣的研究"共同获得这一奖项。于是想到十多年前,当我们读到阿西莫格鲁的《国家为什么失败》一书时,就有了采访他的设想。同事杨逸淇以邮件方式给这位当时刚刚在学界崭露头角的年轻经济学家发去了一组问题,很快就得到了积极的回应,此篇访谈后来以《"包容性"制度有利于释放创新潜能》为题,整版刊发在 2013 年 3 月 4 日的"文汇学人"周刊上。

这个案例,只是当年文汇报理论部同人工作流程的一个片段。粗略算来,在二十一世纪的头十年,文汇报理论部同人就先后访谈过包括道格拉斯·诺斯、詹姆斯·莫里斯、埃里克·马斯金、罗杰·迈尔森、丹尼尔·麦克法登、弗农·史密斯、埃德蒙·费尔普斯、克里斯托弗·皮萨里德斯在内的不下十位诺贝尔经济学奖得主；对雅克·德里达、理查·罗蒂、乌尔里希·贝克、弗朗西斯·福山、迈克尔·桑德尔、弗里德里克·詹明信等人的访谈，更是把讨论的话题推广到哲学、社会学、文学和文化研究等广泛领域。

从更长的时间段来看，改革开放以来的文汇报以一种对创新思想和开放观念的努力追求，在理论学术版上留下了很多值得保存的印记。这部书稿，最初是上海市哲学社会科学规划办公室的一个委托课题，整部书稿只是在搜集资料以及对部分当事人做访谈的基础上所做的一个初步整理工作，大致连缀起四十年来文汇报理论学术版的基本样貌；如果说能够为现当代的上海新闻史保留和提供些许参考材料，就是意外的福分了。

曾经在文汇报理论部工作了二十三年的周锦尉先生认真审读了整部书稿、提出了宝贵的修改意见并为本书作序，曾经"四进四出"文汇报理论部并担任过文汇报"学林"专刊主编的陆灏先生为本书题写书名，在此一并致谢。

季桂保

2024 年 10 月 15 日

参考资料

(按照第一作者的姓氏/中译名姓氏的拼音首字母排列)

彼得·伯格、托马斯·卢克曼:《现实的社会建构:知识社会学论纲》,吴肃然译,北京:北京大学出版社,2019年版。

劳伦·勃兰特、托马斯·罗斯基编:《伟大的中国经济转型》,方颖、赵扬译,上海:格致出版社、上海人民出版社,2016年版。

邓小平:《邓小平文选》,北京:人民出版社,1994年版。

利昂·纳尔逊·弗林特:《报纸的良知:新闻事业的原则和问题案例讲义》,萧严译,北京:中国人民大学出版社,2005年版。

弗朗西斯·福山:《政治秩序的起源:从前人类时代到法国大革命》,毛俊杰,桂林:广西师范大学出版社,2014年版。

弗朗西斯·福山:《政治秩序与政治衰败:从工业革命到民主全球化》,毛俊杰译,桂林:广西师范大学出版社,2015年版。

傅高义:《邓小平时代》,冯克利译,北京:生活·读书·新知三联书店,2013年版。

黄平、崔之元主编:《中国与全球化:华盛顿共识还是北京共识》,北京:社会科学文献出版社,2005年版。

艾瑞克·霍布斯鲍姆:《霍布斯鲍姆年代四部曲》(套装共4册),贾士蘅、张晓华、郑明萱、王章辉等译,北京:中信出版社,2017年版。

亨利·基辛格:《论中国》,胡利平、林华译,北京:中信出版社,2015年版。

季桂保编:《思想的声音:文汇每周讲演精粹》,上海:上海书店出版社,2006年版。

罗伯特·劳伦斯·库恩:《他改变了中国:江泽民传》,谈峥、于海江等译,上海:上海译文出版社,2005年版。

厉以宁:《改革开放以来的中国经济:1978—2018》,北京:中国大百科全书出版社,2018年版。

林毅夫:《新结构经济学:反思经济发展与政策的理论框架》,苏剑译,北京:北京大学出版社,2012年版。

安格斯·麦迪森:《世界千年经济史》,伍晓鹰、许宪春等译,北京:北京大学出版社,2003年版。

阿文德·萨勃拉曼尼亚:《大预测:未来20年,中国怎么样,美国又如何?》,倪颖、曹槟译,北京:中信出版社,2012年版。

加布里埃尔·塔尔德著,特里·N.克拉克编:《传播与社会影响》,何道宽译,北京:中国人民大学出版社,2005年版。

《文汇报八十年》编纂委员会编:《文汇报八十年》,2018年。

"文汇学人"编:《洞见:我们这个时代的思想判断》,上海:上海人民出版社,2015年版。

吴敬琏:《改革大道行思录》,北京:商务印书馆,2017年版。

马丁·雅克:《当中国统治世界:中国的崛起和西方世界的衰落》,张莉、刘曲译,北京:中信出版社,2010年版。

俞可平:《全球化与政治发展》,北京:社会科学文献出版社,2005年版。

张军:《顶级对话:理解变化中的经济世界》,上海:上海人民出版社,2017年版。

张维为:《中国震撼:一个"文明型国家"的崛起》,上海:上海人民出版社,2011年版。

郑必坚:《中国新觉醒》,上海:上海人民出版社,2015年版。